COLLECTION FOLIO

Valentine Goby

Des corps en silence

Gallimard

Née à Grasse en 1974, Valentine Goby y a passé toute son enfance. Après des études à Sciences-Po, elle s'investit dans l'action humanitaire à Hanoi, au Vietnam, et à Manille, aux Philippines. Parallèlement à son travail d'enseignante en lettres et à ses ateliers théâtre pour les enfants, elle publie en 2002 son premier roman, *La note sensible*, où la musique se révèle une langue ambiguë, un texte émouvant récompensé par de nombreux prix. L'année suivante paraît *Sept jours*, puis, en 2005, *L'antilope blanche*, inspiré d'une histoire vraie. En 2007 paraît son quatrième roman, *L'échappée* : la folle errance, de 1941 à 1995, d'une jeune fille qui, à seize ans en 1941, est prête à toutes les transgressions pour être libre. Depuis, elle a publié *Qui touche à mon corps je le tue* et *Des corps en silence*, romans dont le corps est le personnage central.

Sensible aux problématiques de l'enseignement de l'histoire et des lettres aux adolescents, Valentine Goby publie également de nombreux romans pour la jeunesse (dont *Manuelo de La Plaine* aux Éditions Gallimard Jeunesse, l'histoire drôle et tragique d'un petit immigré espagnol des bidonvilles de La Plaine-Saint-Denis dans les années 1930).

Jeune écrivain pleine de talent, Valentine Goby s'est imposée en quelques romans comme l'un des espoirs de la littérature contemporaine.

Bruit d'insecte qui cogne aux parois d'un bocal. Ça vient de quelque part sous le tableau de bord, ou de la portière, ou de l'intérieur de la portière, ou de l'intérieur du crâne, un bruit infime, régulier, usant le lieu d'impact dans le tympan. Claire frappe le plastique chaud du plat de la main, du poing, elle frotte son oreille, secoue la tête, mais l'insecte bourdonne et se heurte quelque part, obstinément.
Un camion la dépasse. Elle fixe la cabine rouge. Fixe les roues, le noir lisse du caoutchouc en rotation. À la périphérie de son champ de vision les panneaux blancs et noirs des portes de Saint-Cloud, Molitor, Auteuil, Passy, les à-plats verts, bleus, des nationales, des autoroutes se dilatent en taches aux couleurs incertaines, mélangées, se dissolvent en un film très doux, familier. Sur le plateau coulissant du camion, trois voitures aux carrosseries enfoncées, vitres brisées, pare-chocs arrachés, pneus éclatés, mal recouvertes de bouts de bâches plastique claquant contre

les carrosseries ou se détachant lentement, s'envolant en charpie transparente contre le ciel bleu mat, miraculeusement suspendue, une ou deux secondes, au-dessus du flot de voitures. Claire passe la quatrième, la pédale est dure sous son pied. Elle est tentée de suivre des yeux les lambeaux de plastique en dérive mais ses pupilles se rivent aux essieux dévissés, aux plaques d'immatriculation tremblotantes, bosselées, à la ferraille crue parce que pas une trace de rouille, comment détacher son regard de ces impacts neufs. Du métal pas oxydé. C'est la même couleur, à l'intérieur, sur ses blessures à vif. Au centre, une voiture bleu électrique. L'aile défoncée. Un morceau de vitre pend encore, mosaïque de verre prise sous un film turquoise. Est-ce qu'ils ont su, ceux qui étaient dans l'habitacle, que l'accident allait se produire ? Est-ce que ç'a été une fin lente à venir ou un arrêt brutal ? Elle scrute les reliefs incrustés dans la tôle, elle a idée des corps écrasés là-dessous, ils ont peut-être senti, quart de seconde après quart de seconde, qu'ils allaient vers le pire ; mais à quel moment, précisément, la certitude d'une tragédie ? Elle détourne les yeux, passe la cinquième, *ils n'ont peut-être rien pu faire, pas pu dévier leur trajectoire*, pense-t-elle tandis que Kay, sur son rehausseur, plisse les yeux à cause du vent qui s'engouffre à l'arrière et ne voit rien glisser, de l'autre côté de la fenêtre, que des filaments de couleurs, *pas pu s'écarter du tracé initial, c'est parfois tout de suite la*

sortie de route. Le bruit, la tête de l'insecte frappée au carreau, le carreau frappé dans sa tête après les nuits d'insomnie, le plat de la main sur le tableau de bord, la carapace n'éclate pas, elle rebondit sans cesse ; les larmes ; le vent qui les chasse qui les sèche, et merde, parfois, c'est tout de suite la fin.
Elle roule, elle anticipe les virages, elle regarde en face, elle essaie, mais devant il n'y a rien qu'une vie défaite, déménagée, et plus près encore, dans les heures, les minutes, les secondes qui viennent, qu'une route en boucle glacée de soleil avec des portes et des bretelles de sortie mais laquelle prendre, pour aller où ? Envie de rien, même pour l'instant qui vient, un restaurant, une aire de jeux, bientôt pourtant il faudra trouver quelque chose pour Kay. Il y a une histoire finie derrière, énorme, et Kay depuis plusieurs jours commence à comprendre.

Kay, sa terreur de la fin. Au cinéma, assise sur le rebord des sièges en mousse rouge, les pieds ballants, la bouche entrouverte, le visage tatoué d'images délavées, de couleurs en mouvement, elle regarde le film ; et Claire regarde Kay ; le filet de salive qui scintille au coin de sa bouche, l'ombre des cils sur ses joues, sa main, suspendue au-dessus du sachet de crocodiles translucides. Kay happée, le corps immobile, couvert par les images projetées sur l'écran. Dès le début, Kay se tourne vers sa mère : *Ça va durer longtemps encore ?* Claire répond *Oui ma chérie.* Le temps s'écoule, la question revient et la réponse de Claire est chaque fois moins assurée. *Peut-être.* Puis : *Je ne crois pas.* Kay se rapproche des genoux de sa mère. Y grimpe. Demande sa peluche, la colle sous son nez. Elle ne parle plus. Lèvres qui tremblent. Claire serre Kay, très fort, qui a enfoncé son visage dans le pull de sa mère aux premiers sons du générique de fin. Les mots flous défilent, ondulés, sur ses cheveux châtains tandis que la salle se vide. Le film s'arrête et Kay s'arrête, c'est simple et effrayant. Kay est cette toute petite fille qui sort des salles de cinéma en pleurs, en deuil, interrompt brusquement les contes lus sur ses CD, les dessins animés, les films sur DVD, ne se laissant prendre au piège qu'une seule fois, la première, par ignorance du déroulement de l'histoire, appuyant sur le carré noir, stop, de la télécommande toutes les autres, bien avant le dénouement. L'histoire de Claire et d'Alex ne se joue qu'une fois, il n'y a pas de leçon à tirer, de repères à situer, à mémoriser pour empêcher la chute. Les dernières phrases, Kay les énonce à voix haute, très vite, dans le silence, devant l'écran éteint, parfois ce n'est qu'un murmure enfoui dans sa peluche, l'accomplissement d'un rite pour clore, elle-même, une histoire qu'elle voulait sans fin. Kay qui maintenant, face à Alex, à Claire, au déchirement, ne peut rien.

Kay, sa terreur de la fin et son goût du massacre. Tant de châteaux de sable rasés, piétinés avant que la marée les lèche, les érode, les avale, centaines de minuscules sabordages sur les plages de Trouville, de Mimizan, de Dinard désertées à la tombée du soir quand Kay, les jambes nues, sautait à pieds joints sur les tours, le donjon, les murs de ronde, brisant les douves à coups de pelle rouge — Claire se souvient du rouge dans la lumière rasante de six heures —, pulvérisant tout relief, les monticules couverts de coquillages et d'algues brunes, les haies de couteaux roses hérissées en barrière de protection — Claire entend les craquements répétés de leur matière brisée —, les étoiles de mer, les hippocampes, les écrevisses moulés dans le plastique bleu, et des gerbes de sable jaillissaient autour d'elle qui ne souriait pas, achevant sa tâche, consciencieusement, puis quittant les lieux sans se retourner; tant de dessins à la craie effacés du tableau noir d'un coup d'éponge humide, et d'autres, engloutis sous la rage du feutre, tordus, froissés, déchirés, découpés au ciseau, jetés avec délectation, Claire les rattrapait dans la poubelle, les dépliait, les lissait du plat de la main, les écrasait sous trois volumes d'encyclopédie où ils devenaient des feuilles patinées, craquelées comme de vieilles peintures, elle n'en pouvait plus du gâchis, et Kay pleurait; combien de constructions éphémères de bois, de feuilles, de pétales de fleurs échafaudées dans les squares, de rouges à lèvres, d'éclats de miroirs, de boîtes de Kleenex, de colliers, confectionnées dans la salle de bains, écroulées d'une simple pression du doigt; et ces chemins de cailloux aux courbes régulières, aux dégradés de gris, déclinant tous les diamètres, ces formes tracées dans la terre de l'extrémité d'un bâton, la langue entre les lèvres, peuplées de personnages en caoutchouc, de surprises Kinder, de petits fruits, noyaux, de perles, saupoudrés de poussière blanche, théâtres, bestiaires, micro-planètes détruits avant l'usure, l'accident, le hasard. Peur de la fin. Besoin d'achever, soi-même. Kay contre le temps, devenue le temps. Décidant du début et de la fin. Et eux, Claire et Alex, vivant la lente érosion de leur amour, sachant la marée montante et s'en allant pourtant, sans révolte, laissant au temps le pouvoir d'abîmer, patiemment, leur amour, ou simplement, n'y pensant pas. Kay sa pelle rouge ses pieds ses jambes sa terreur son pouvoir. Claire, sa raison, sa lassitude ; elle se demande s'ils se sont quittés, Alex et elle, si l'un a quitté l'autre, ou s'ils ont glissé, côte à côte, consentants, dans la fadeur, jusqu'au rien.

15 h 22 au tableau de bord. Claire ne sait pas, exactement, où situer le déclin. Elle ne peut pas isoler l'instant précis où sous eux, le sol s'est affaissé — il y a toujours un premier millimètre de pente, un demi-millimètre, un centième de, un point palier qui précède le basculement. La fin de leur amour. LA-FIN, articule-t-elle, la bouche pleine d'air chaud à cause de la vitre baissée ; elle a commencé où ? Elle lutte contre

la pensée que, dès le début, leur histoire s'est mise à finir. Elle repousse l'évidence qui s'impose, l'amour comme la peau, comme les plantes, comme les utopies, comme les chiens, promis au pourrissement, crevés au bout du compte. Elle en pleure, depuis l'enfance, depuis qu'elle sait que toute fleur se fane et alors ils n'y seraient pour rien, elle et lui, ni eux ni personne, à la fin de l'amour, à la fin de tout, c'est à hurler. L'aiguille blanche frappe le carré lumineux de la réserve d'essence. Le voyant orange clignote. Il faudrait faire le plein. La panne commence maintenant, au moment où le voyant s'allume et où elle ne se dirige pas vers une station-service parce qu'elle est ailleurs que dans cette voiture étuve, elle cherche les prémisses d'une catastrophe antérieure. Elle se demande si elle aurait pu stopper l'avancée du désastre, comme on arrête le filage d'un bas repéré dès le premier accroc, d'un point de colle ou de vernis à ongles. Elle se mord la lèvre. Insoupçonnable, la fin de leur amour. Un jour, elle vient d'habiller Kay pour l'école, elle est en nuisette blanche, pieds nus sur le carrelage, appuyée au chambranle de la porte de la cuisine. Le rimmel pas ôté la veille forme une poudre foncée sous ses cils, qui accentue le bleu des cernes. Elle regarde Alex. Tant d'infimes événements ont dû préparer ce moment, elle ne les a pas vus, mis bout à bout, conduire à cette scène désarmante : lui, qui mord une tartine de pain dans la cuisine saturée de lumière, cravate nouée autour du col, rasé de frais, parfumé, comme tous les matins ; mâchant soigneusement chaque bouchée, la tasse de café chaud à portée de main ; il sourit, en écoutant France Inter. Elle, qui suit du bout des doigts le tour en dentelle de sa nuisette, et soudain voudrait essuyer les lèvres d'Alex, doucement, les traces de confiture. Secouer les miettes tombées sur le devant de la chemise. Déplacer la mèche sur son front. Elle voit l'enroulement de ses cheveux très courts autour du petit point rose, à l'arrière de son crâne, épi d'enfant mal gommé au gel. Elle sait, à ce moment-là, elle s'en étonne mais ne lutte pas, ou plus, qu'elle ne l'aime plus. Elle se le dit, un mot après l'autre, pour la première fois. Elle contemple la scène. La pitié monte par vagues chaudes. Et la honte. Elle voudrait embrasser la joue d'Alex, lui dire juste : *tu existes,* et demander pardon, en lui serrant les poignets, fort, de ne pas trouver d'autres mots. Elle reste figée ; elle voit l'homme mastiquant sa tartine et elle a envie de lancer une chaise à travers la fenêtre.

Ça va agoniser pendant des mois. Eux, l'image tendre de lui dans la lumière de la cuisine, de plus en plus grise, pâle, froide, désolante, jusqu'à ce qu'il n'y ait plus de trouble, de tentation de s'excuser, de s'effondrer face à l'écroulement complet de l'amour, jusqu'à l'acceptation calme de la fin, quand Alex mâchant son pain n'est plus autre chose qu'un homme au petit déjeuner, quand disparaît même l'envie d'essuyer ses lèvres, de secouer sa chemise, de replacer sa mèche de cheveux, quand l'espace qui sépare le chambranle où elle est appuyée du corps d'Alex mangeant sa tartine est devenu indifférent. La fin est contenue dans cette vision du matin où, une seconde, elle a pensé en le regardant : *mon petit garçon, oh mon petit garçon.* Il ne la fera plus jouir sous sa langue, fondre dans les draps du bout de son sexe, les yeux rivés sur son visage. Sa bouche sur son ventre plus jamais, ni la certitude de lui en elle, bientôt, et de sa faim. Ce qu'il peut, la tenir, la gonfler, la faire gémir, se taire, supplier, plus jamais. *Mon petit garçon.*

Le réservoir d'essence se vide. L'air chaud craquelle les minuscules sillons de sel qui courent du coin de ses yeux à ses lobes d'oreilles. Sa main se brûle à la boucle surchauffée de la ceinture. Putain d'insecte qui cogne dans sa tête, tic-tic-tic. Elle abaisse le pare-soleil.
La sueur, le long de la nuque de Claire. Elle passe sa paume sur ses vertèbres, essuie les gouttes, masse le muscle sous le T-shirt.

— T'as pas chaud ?

Claire ajuste le rétroviseur, y cherche le visage de l'enfant, rougi par la lumière traversant la serviette de bain coincée dans la portière ; elle hausse la voix :

— T'as pas chaud ?

La bouche de Kay forme un « non » silencieux

avalé par les rafales. La main de Claire fouille le sac sur le siège passager, la voiture ralentit, le camion rouge aux voitures accidentées la dépasse, clignotant droit, et s'engage sur la bretelle de sortie.

— Tiens !

Elle lance vers l'arrière une poignée de frites poisseuses et sucrées. Elle suce ses doigts. Tire sur sa jupe froissée, humide. Allume la radio. Un grésillement désagréable, elle éteint.

Léger coup de pied dans les omoplates.

— Oui ?

Kay articule des sons inaudibles dans le rétroviseur. Claire remonte la vitre.

— Qu'est-ce que tu dis ?

— On va où ?

Elle savait que ça viendrait.

Piscine.

Ou Jardin d'Acclimatation.

Ou île de la Jatte.

Elle tourne le bouton de la soufflerie. Un air brûlant de radiateur électrique. Elle pousse à fond le bouton vers le minuscule flocon blanc imprimé sur le côté gauche. Elle palpe les lamelles tièdes, odeur de plastique fondu, les incline vers le sol.

— Tu as envie de faire quoi ?

Le centre commercial des Quatre-Temps, climatisé, les néons blancs, le sol frais, il faut racheter des chaussures à Kay. Ou la piscine. Ou le jardin, ou l'île de la Jatte.

— J'ai faim.

— Tu ne m'aides pas, là.

Kay bascule sa tête contre la serviette rouge, glisse son pouce dans sa bouche. Dans le rétroviseur, l'image de l'enfant qui tend devant elle les doigts de sa main gauche. Tout à l'heure, sur l'aire d'autoroute, après qu'elle a demandé un petit frère, sa mère a dessiné au stylo bille des yeux, des nez, des bouches sur ses phalanges. Les doigts remuent, tout doucement, une histoire silencieuse qui fait sourire Kay, fait sourire Claire, le pâle reflet de Claire dans le pare-brise. Elle rabaisse la vitre.

900 km. Le compteur déroule la distance, l'horloge les cristaux liquides. 9 heures de conduite, à plus de 30°C. L'aiguille pénètre la zone rouge de réserve. Dans le coffre, les bagages de trois semaines de vacances, des maillots de bain encore mouillés, des pelles pleines de sable, un ballon dégonflé, trois cartes postales écrites et pas postées, des pellicules Ilford aux clichés déjà obsolètes, des briques de jus de fruit tièdes. Elle devrait sortir porte d'Asnières, pour rejoindre l'appartement; Claire a dit qu'elles n'y retourneraient pas tout de suite, à cause, mais Kay n'en a pas conscience, de la présence d'Alex, du corps d'Alex dans l'appartement, son odeur, CK1, ses chaussures à l'entrée, le talon gauche un peu en biais, usé du fait d'un défaut de marche, les pièces de monnaie couleur bronze jetées un peu partout sur les meubles; les bouts de fil de ses

poches décousues traînant sur le parquet; les livres aux pages cornées; Coltrane; la voix d'Alex, sa cravate dénouée sur le piano, son verre de whisky sec, son dépôt doré, sur la table basse, les tickets de carte bleue froissés en boules blanches dans le cendrier; toute la vie connue, apprivoisée d'Alex, qui n'est plus que le père de Kay. *On ne rentre pas maintenant,* a dit Claire en franchissant le péage de Saint-Arnoult. Elle serrait le reçu cartonné entre ses lèvres, et passait la seconde après quarante-cinq minutes quasi à l'arrêt, à s'éventer avec des prospectus Pizza Hut pliés en accordéon, scrutant l'énorme barrière de péage tremblant comme un mirage, sur le bitume chaud. *Regarde le ciel, comme il fait beau mon chou,* le ticket s'imbibait de salive, et s'il avait plu elle se serait arrêtée dans Paris en warning devant un kiosque, aurait acheté *L'Officiel des spectacles,* aurait trouvé une séance de cinéma, un atelier de peinture, une expo à la Villette, elles auraient arpenté sous la bruine le canal de l'Ourcq plutôt que de monter tout de suite à l'appartement, 5e étage gauche, avec Alex à l'intérieur et les maillots mouillés dans les sacs. Jardin d'Acclimatation? Île de la jatte? Piscine? La foule, les maillots pleins d'eau de mer au fond du panier de plage et le sel dissout dans le chlore, la serviette imprégnée d'ambre solaire, la peau d'Alex sorti de l'eau, imperméable, criblée de minuscules gouttelettes blanches que Kay s'amusait à brouiller du bout de l'index.

Porte Maillot, sortie du périphérique, le rond-point, la tour marron du Concorde-Lafayette, le vaisseau blanc, sale en plein jour, du palais des Congrès. « Salon de l'imagerie médicale », étalé sur la façade en lettres violettes — Claire se demande quelle est la plus petite taille de tumeur cancéreuse jamais découverte.

— Alors, Kay? Tes doigts, ils veulent aller où? Premier tour de rond-point. La minime circonférence de tumeur, son œuf, avant le mal.

— On prend le petit train pour le Jardin d'Acclimatation?

Alex tient des barbes à papa roses, ou bien il est assis sur un cheval à bascule, Kay entre les jambes, ou encore il pousse les balançoires en pneu près du camion de pompier, ou il est accroupi à hauteur de Kay, montrant les perroquets cachés derrière les grilles, les désignant par leurs noms, et les mésanges, les aras, les canaris, il imite le sifflement de chacun, ou il fume une cigarette, les yeux posés sur Kay et Claire tenant une canne pour la pêche aux canards, elle le voit en détournant légèrement la tête, un peu en retrait, tandis que sa fille hurle : *celui-là, trois points maman, pour le poisson rouge!* Avant la naissance de Kay, ils ont pique-niqué sur l'herbe du jardin, au-delà du parc à faons, dans le pur début de l'amour, l'absolue solitude du début de l'amour, sa plénitude; ils ont vu les lamas, l'ânesse et son petit, les cochons répugnants; à un moment, Claire a poussé Alex dans le bassin aux bateaux télécommandés. C'est le plein été, il nage vers la rive, ouvrant de ses mains l'eau très plane entre les sillons des moteurs miniatures, de la boue mêlée aux poils de ses sourcils ; il sort de l'eau, le pantalon collé aux cuisses, le blanc de la chemise assombri par les poils de son torse. Il est furieux. Il bande. Il lui fait l'amour dans les toilettes, marquant son T-shirt rose d'empreintes foncées au niveau des seins, du ventre, une main plaquée sur sa bouche, dans le vrombissement feutré des modèles réduits.

— Non ; plutôt l'Île de la Jatte ? J'ai ton vélo dans le coffre, ce serait bien de se remuer les jambes.

Deuxième tour de rond-point. Alex abaisse la selle du vélo neuf. Il fait tinter le grelot, tourner à vide les pédales. Kay s'assoit. Elle dit qu'elle a peur. Il sourit, l'embrasse à la racine des cheveux — Claire est jalouse de Kay à cet instant, et chaque fois que ce mouvement tendre se reproduit, le baiser à la racine des cheveux, elle ne connaît pas de geste plus aimant, elle ferme les yeux et chasse le désir qui la mord. Kay pédale, Alex court à côté du vélo, tient Kay par les épaules, relâche son emprise ; Claire les regarde s'éloigner dans l'allée très verte, regarde Alex ne plus tenir que le T-shirt de Kay dont le corps tangue, incertain — comme celui des bébés au début de la marche, en équilibre précaire, toujours proches de la chute, rattrapés d'extrême justesse par des forces invisibles —, Claire a envie de rire, puis le corps de Kay s'effondre sur le gravier blanc. Est-ce que c'est la fin, la naissance de Kay? Elle se rappelle, un mois après l'accouchement, elle demande à Alex de lui faire l'amour. Il n'y a pas de caresses, aucun geste tendre, elle repousse toutes les tentatives, elle n'a pas de désir ; elle a dit ça, calmement, comme elle lui demande, parfois, d'attacher son collier, de lui ôter un cil de l'œil, d'attraper un saladier placé trop haut sur l'étagère : *tu veux bien me faire l'amour ?* Elle veut que son corps à elle lui revienne ; elle lui demande comme un service, il l'ignore, de lui rendre le corps confisqué par Kay, et il s'exécute. Elle lui tourne le dos, elle ne veut pas voir sa jouissance. Puis elle tend ses seins vers sa bouche, il les mange, ce n'est pas la bouche d'Alex c'est la bouche d'un homme, ces seins ne sont pas à Kay ils sont à elle qui les donne si elle veut, à qui elle veut. Souvent, elle tient sa fille toute nue contre son ventre nu, elle caresse sa petite tête molle, elle se sent très douce, *tu es dehors, maintenant, c'est bien.* Peut-être que la fin de leur amour commence avec Kay. Pas à cause d'elle, mais au moment d'elle. Quand Alex devient le père de l'enfant.

— Laisse tomber le vélo, Kay, il fait trop chaud.

Troisième tour de rond-point. Elle prend à droite, avenue Charles-de-Gaulle, à Neuilly. Feu rouge. Au bout de l'avenue, de l'autre côté de la Seine pour l'instant invisible, des kilomètres cubes de métal et de verre. L'image du camion rouge, des voitures accidentées tout à l'heure, et là-bas, la Défense, intacte, debout. Le feu passe au vert. Claire fixe les tours, bleu ciel, bleu-gris, bleu marine, couleurs froides, lisses, dures. Ça klaxonne, derrière la Clio. Le moteur a calé. *Maman, c'est vert !* Les tours. Comme tout ça tient bien, tient fort, imbriqué, serré. *Maman, avance...* Une existence façon la Défense, lumineuse, solide. *Maman...* Elle passe la première, elle roule vers les tours, leurs volumes parfaits. Elle approche, leur masse se disloque lentement, les espaces se creusent entre les blocs ; Gan, Natexis, Novotel, l'Arche se désolidarise de l'ensemble, les immeubles s'écartent, vont se détacher, éclatés dans toutes les directions comme un jeu de Lego, ou les pièces d'un dessin animé japonais dont elle a oublié le nom ; il fait une chaleur à crever, 15 h 59, et le réservoir vide ses derniers centilitres de carburant jusqu'à l'arrêt, brutal, au milieu de la chaussée blanche. Le chauffeur s'essuie le front. Regarde autour de lui. Il s'éloigne, s'efface dans la blancheur de ce mois de décembre 1913. Chercher de l'aide, peut-être, ou un taxi, Henriette ne sait plus, il a dû lui expliquer mais ça lui est égal. Il a claqué la portière, *Madame, avec la cocarde tricolore je suis tranquille, ne sortez pas, il n'arrivera rien.* Il disparaît au loin entre des immeubles, des troncs, des gens peut-être, une masse morte et vivante, grise, blanche, noire ; alors elle descend de la voiture en panne, arrêtée au milieu de la place de la Défense-de-Paris. Elle boutonne le col de son manteau, ajuste son chapeau, serre son sac à main. Seule sur la place. La neige tombe sur les branches nues, noires, des arbres tout autour du rond-point, le long des avenues du Havre, Gambetta, et de la Mission-Marchand. Sous le brouillard, loin, la forme poreuse, délavée, de l'Arc de triomphe. Neige-t-il, ou a-t-il neigé ? Elle se souvient seulement du blanc, de l'air mouillé contre sa bouche, qui gerce atrocement ses lèvres et elle passe sa langue sur ce vernis froid, les gerçant davantage. Rouge, sa bouche, irritée. Craquelée. Elle se représente bien l'image de sa silhouette noire, le parapluie dans son fourreau piqué au sol, le chapeau noir à larges bords, et la voiture, noire aussi, toutes deux immobiles sur les pavés, élégantes, comme la voiture, comme la femme d'un ministre des Finances. La peur, c'en est le début, aiguisée comme la petite lame d'un canif dans la poche intérieure de son manteau, contre ses côtes. Le froid engourdit ses pieds. Ses mollets. Ses cuisses. La lame s'enfonce dans son flanc. Il y a une gare de tramways un peu plus loin, elle voit les rails courbes posés dans le blanc le long de l'avenue, jouxtant les méandres de neige fondue tracées par les roues de la voiture, et les empreintes à demi effacées des sabots des chevaux. Il y a un marché, croit-elle, où se promener, et là-bas, avant le pont de Neuilly aux garde-corps en fonte scellés, la rampe, ses commerces visibles depuis les corniches jusqu'à La Garenne, les cous de cheminées industrielles crachant des fumées dégoûtantes, des foules d'ouvriers, des commerçants, des chiffonnières, des soldats, des bonnetiers, des primeurs, des boulangers, des savetiers, des mendiants, des putains, des chiens galeux, une petite fille aux cheveux tressés, un imprimeur, une vieille en habits sombres, une femme de député, une femme de chambre qui secoue des tapis au-dessus de la Seine. Ici, des branches lisses. De la neige. Du silence. Elle est debout, sur la

place de la Défense-de-Paris toute nue, comme évacuée avant une catastrophe.
Le vide s'épand au-dehors d'elle. Elle est une place déserte, glacée, évacuée. Elle vomit le vide. Exactement comme trois mois plus tard, le 16 mars 1914, date qui entrera bientôt dans les manuels scolaires, assise dans cette salle du *Figaro* où elle attend qu'un homme la reçoive, elle est persuadée d'être seule, abandonnée, alors qu'incessamment des gens passent, parlent, téléphonent ; elle n'entend rien, ne voit rien autour d'elle que le néant qui l'habite. Au siège du journal, appuyée aux reliefs compliqués du dossier de sa chaise, les mains glissées dans son manchon, les lèvres bleues, elle dessine mentalement la statue à trois visages de Barrias sur la place de la Défense-de-Paris, cent fois vue à distance à travers la vitre, observée de près une seule, le jour de la panne de voiture en plein hiver.
Des grilles noires protègent la statue. Elle suit des yeux la courbe des chaînettes qui, d'une borne à l'autre, en font le tour. Aimantée, Henriette, vers le triple visage. Elle traverse. Voit : une femme massive, mate, couverte de lichen vert. Ses yeux : deux trous. Sa main : appuyée au canon, elle tient une épée dirigée vers Henriette et ses yeux sans pupilles sont aussi armés. À ses pieds, un soldat tête et pieds nus fourre la main dans son sac de cartouches. Dans son dos, le corps recroquevillé d'une fillette, les genoux au menton, les mains croisées sous des manches distendues. Une ca-

puche cache complètement son visage. La neige se pose sur la capuche verte, y fond en gouttelettes glacées qui s'égrainent, une à une, sur le bout de sa chaussure. Invisible, le visage d'enfant; aveuglé par les images de mort.

Au *Figaro,* Henriette est en même temps la fillette et le soldat. Elle presse un revolver sous son manchon, chauffant le métal dans sa paume. Elle a ôté le cran de sûreté. L'index effleure mollement la détente. Elle tire juste, sur les cibles en carton. Elle chasse — elle aime ça. En ce moment, elle tient entre ses dents un aphte pour en aviver la douleur, pour sentir battre son sang dans sa lèvre. Des aphtes, elle en avait plein la bouche petite fille. Sa mère la privait de bananes et de fruits secs, de pain grillé, toutes choses blessantes multipliant les petites plaies blanches sur ses gencives, ses muqueuses, sa langue. Elle pense qu'à un moment de sa vie quelqu'un a voulu qu'elle n'ait pas d'aphtes, qu'elle n'ait pas mal, et elle serre plus fort les incisives. Elle a envie qu'une main démêle ses cheveux blonds, doucement la coiffe avant qu'elle presse la détente. *Un baiser, s'il vous plaît, à la racine des cheveux, ma grand-mère traçait une croix au-dessus de mon front, ma poitrine, mes épaules, au moment du coucher, elle murmurait avant de refermer la porte :* ainsi soit-il, *et il n'y avait rien à craindre en effet, à déranger à changer de place à contester, l'ordre des choses, des gens, des jours, était ainsi qu'il devait être. C'est fini.*

Depuis des années elle passait là une fois par

semaine, place de la Défense, en direction de Courbevoie, et l'injonction surgissait chaque fois, défense de, la chose qu'elle allait faire, pulvérisant le bloc compact, rassurant, de la morale bourgeoise. Le jour de la panne elle allait le faire, encore une fois, elle le faisait depuis des années, se cachant, apprenant dans le fond des boutiques ou l'antichambre de femmes de plaisir, incertaine de ne pas s'humilier, s'en excitant, le déplorant, mais par amour, continuait, s'appliquait à devenir, à être, à rester : la maîtresse de son mari.

Ça avait commencé comme ça entre eux, par un adultère. Lui, marié. Elle, mariée, deux filles. Il avait épousé une femme divorcée par amour et allait devenir l'amant, l'amoureux, d'une autre femme — elle, Henriette, qui divorcerait pour lui à son tour. Après la cérémonie, elle regarde l'anneau briller à son doigt, qui fait remonter la terreur du premier mariage : elle a dix-neuf ans alors, elle s'habitue à la longue chemise de nuit revêtue chaque soir, dans le cas où il, Léo, le mari, viendrait la prendre, son corps enterré du cou aux chevilles sous le coton blanc, la fente coupée dans le tissu, dix à douze centimètres selon les modèles, au niveau du pubis, ouverte, prête à recevoir le sexe, ou frangée de dentelles, de lacets à dénouer, masquant la chair comme les voilages grossiers des rez-de-chaussée sur rue ; Léo tâtonne, fouille en aveugle dans ses poils avec les doigts d'une main, tient sa verge dure de l'autre, elle

entend les mouvements mouillés qu'il s'impose pour maintenir l'érection, elle n'ose pas regarder même s'il fait sombre, elle fixe le plafond, elle se tient raide, les cuisses serrées, elle ne l'aide pas ; il l'écarte, trouve la chair, sèche, ramène sa main à sa bouche, salive sur ses doigts, les applique sur l'orifice ; d'un coup introduit son sexe, le frotte, à un moment sa respiration est en suspens, il s'immobilise, comme un chien de chasse qui a flairé la bête, puis il s'affaisse. Il se retire. Se rhabille. Souhaite bonne nuit, effleurant la joue de sa bouche puis de son index, la joue, seule partie du corps touchée par Léo avec l'entrée du vagin, maintenant jouir et joue désormais sont liés, sa joue à elle, la jouissance de Léo, la caresse de l'homme qui part, et l'écœure. Léo quitte la chambre. Il ne connaît pas la couleur des poils de son sexe. La carnation des aréoles de ses seins. La texture de ses seins, de ses aréoles sous la langue. Le goût de ses aisselles. La rondeur de son nombril. Elle ne connaît pas la matière de ses propres seins, la substance de son propre sexe, elle l'essuie d'un bout de chiffon avant de s'endormir, parce que ça coule, ça brûle, rien ne la touche, même pas elle, c'est enterré sous la chemise.
Dès la première fois, Joseph la déshabille. En plein jour. La regarde. Fait le tour d'elle, sans la toucher, enroulant son regard du front aux épaules, aux omoplates, au sternum, au ventre, aux fesses, aux genoux, aux pieds, aux talons, et en chaque lieu ses pores se resserrent. Il la tient.

Mange les lobes de ses oreilles, les renflements de ses vertèbres. La couche sur le lit. Elle a envie de pleurer. Cache ses yeux sous ses mains. Il baise ses paupières. Il dessine de l'index ses aréoles, lentement dessine son sexe, ses contours, ses reliefs intérieurs. Il prend sa main à elle, la pose sur son sein, l'aide, à caresser sa peau, à l'éprouver, à s'aimer seule ; la pose sur son ventre ; sur sa bouche ; sur son sexe ; il la regarde faire. Elle retire ses doigts. Il l'embrasse, fait courir sur elle ses lèvres, il lèche ses doigts, les pose sur son sexe à lui. C'est tiède. Elle fait coulisser la peau, lentement, il ne lui a pas appris et probablement, ce qu'elle en savait jusqu'alors, de ce geste, lui donnait la nausée, il gémit, elle n'en revient pas, de sa puissance, et quand elle y posera sa langue, plus tard, douce, elle gardera les yeux ouverts. Sa maîtresse. Elle s'enduit de crème ivoire, d'huile d'amande, de beurres, elle se poudre, marque ses lèvres de rouge, comme il le lui demande, comme elle croit qu'il lui demanderait si elle était une de ces prostituées qui le font jouir dans leur bouche, laissant, sur son sexe mou, une trace grasse couleur sang.

Mariée à Joseph, donc, Henriette caresse l'anneau d'or à son annulaire. Son père dit : une femme qui a un amant est une femme sans honneur. L'honneur est cette longue chemise blanche, lisse, comme les linges d'hôpitaux dont on couvre les corps malades, suintant, et les cadavres. Pas de chemise avec Joseph, ni avant ni après le mariage. Elle veut cette bouche pour elle, ces fesses, ce sexe pour elle, elle imagine possible un mari fidèle, pour ça elle est prête à faire sa fille des rues, sa prostituée, sa courtisane, d'ailleurs ils n'auront pas d'enfant, pas de ces conséquences espérées, attendues du coït en chemise, peut-être est-ce un hasard, ou y est-elle pour quelque chose, s'y appliquant, ou simplement glaçant ses ovaires depuis le fond de son cerveau, de sa hantise d'avoir un corps de mère, ventru, déformé, impropre aux pulsions érotiques, comme les vaches tout entier tourné vers la gestation, la lactation, tendrement, inexorablement délaissé. Tout plutôt que ça : qu'il couche ailleurs. Elle dit tout elle pense *tout*, elle l'aime à se tuer. Ainsi prémédite-t-elle, l'ignorant, son futur suicide.

Dès le début et pour toujours elle abolit sa lingerie, pièces de tissus hygiéniques, fabriquées avant elle par des générations de femmes piquant l'aiguille en silence, la nuit de préférence, par décence pour l'œil masculin, destinées à l'absorption des liquides, au masquage des odeurs du corps, de ses orifices, à protéger ces orifices de l'air, des miasmes du monde extérieur, à protéger le monde extérieur du miasme de la peau, sa vue, son parfum, sa matière, son agression sensuelle et dont la somme, le trousseau, les a rangés, elle et son corps, dans les meubles de Léo, ses tiroirs, étagères, armoires, entre leurs planches collées, cloutées, verrouillées. Pour Joseph, l'amant, elle porte sous ses robes des pantalons sans jours, sans gui-

pure, ouverts à l'entrejambe, pour être prise debout et à l'envi; des jupons de crêpe de soie incrustés de dentelle de Valenciennes, pour qu'il la cherche, la trouve, pour l'impatience; des jarretelles de soie dont la douceur se confond avec la peau, la laissent intacte, sans le garrot des jarretières. Elle exclut les corsets qui mordent la chair, la forent de marques violacées, persistantes, où les œillets s'enfoncent, où les lacets s'incrustent, que les baleines blessent, pour des ceintures élastiques, des soutiens-gorge, des brassières de tulle aux boutons de nacre, des maillots qui ne compriment pas les seins, les gardent lisses, d'un bloc. À Courbevoie, à quelques kilomètres de la statue de la Défense, chez une ancienne courtisane, elle apprend les mouvements des mains, de la langue, du bassin, les laçages, les façons d'ôter sa jarretelle, de glisser un bas le long de la jambe. Elle y reçoit par abonnement, tous les quinze jours, sous couverture hermétiquement fermée, *Le déshabillé au stéréoscope*, fascicule de neuf photos de dames posant le buste découvert : elle s'efforce, devant le miroir, de reproduire leurs gestes, leurs moues, leur lascivité. Elle drape son lit de noir pour faire sa peau plus blanche. Elle garde ses bas pendant l'amour.
Il lui écrit depuis la Chambre, exclusivement masculine, et par les mots qu'il couche sur le papier à en-tête officiel, là, au milieu des discours et des fumées de tabac, il la fait pénétrer dans l'enceinte, il la caresse, ces lettres ont quel-

que chose d'obscène à cause du lieu et des circonstances, et c'est pourquoi elles lui plaisent. Il signe : *Ton Jo.* Elle trouve ça un peu ridicule mais ce sont ses mots, elle prend le possessif, surtout, elle le possède et possède sa langue, celle qui la nomme, qui la mange, la mène par petites pressions jusqu'à la jouissance. *Ton Jo,* il signe, et pour la première fois de son existence, quelque chose appartient à Henriette.

Ils se souviennent tous, de tous les partis politiques, de toutes les coteries, qu'en 1905, devant la Chambre, Joseph, l'amant qu'elle n'avait pas encore, a défendu une taxation souple sur la soie, évoquant la mode changeante des vêtements et de la lingerie intime : comment les tissus de soie épaisse, qui tenaient droit au corps, empesés, nécessaires dix, vingt, trente ans auparavant à toute garde-robe féminine avaient cédé la place à une soie douce, fine, aux mousselines, essentielles à l'habit comme aux dessous, et les députés avaient gloussé, bavé, applaudi dans l'hémicycle, rapportant l'expertise de Joseph dans les journaux du lendemain. Entre décembre 1913 et mars 1914 Henriette les relira jusqu'à la souffrance, essayant de situer la fin de leur amour, remontant le temps jusqu'à la première maille défaite, pensant que sans doute c'était là avant leur rencontre, cette obsession de Joseph pour le corps des femmes. Elle retrouvera les articles au pire du malheur, devinant les mains de son mari sur les cuisses enveloppées d'étoffes, dépecées, peau, après peau, après peau, imaginant ses doigts caressant, froissant la soie, la jetant, légère, au bas du lit, ou bien baisant, léchant le tissu avant la chair, préparant dans les lits le discours de 1905. On parle, dans les couloirs de la Chambre, dans la presse et les dîners mondains, du nombre et de la qualité des maîtresses de Joseph, de ses virées dans les maisons de rendez-vous, à Paris et dans la Sarthe où il vit une partie de l'année. On s'en amuse, on envie le dandy aux liaisons élégantes, aux « petites dames » des champs ; ça la marque au fer rouge. Elle construit des images, les anime, son père architecte lui a enseigné à projeter des figures dans l'espace mental, depuis toute petite elle peuple l'invisible de formes, de personnages animés connus d'elle seule. Elle voit, c'est si clair : Joseph, devant le corps d'une femme déjà possédée avant lui, et possédée après, loué pour une heure ou une soirée, excité par cette possession multiple, jouissant de toutes les jouissances accumulées avant la sienne, anticipant les suivantes ; Joseph plié aux désirs d'une putain, aimant être soumis, forcé à, capable peut-être de se mettre à quatre pattes, nu, et d'aboyer, comme les hommes devant *Nana*, qu'elle a dû lire à cause des rumeurs, avec *La Dame aux camélias*, et d'autres livres encore, se sachant, en comparaison, débutante et servile ; plusieurs femmes sur lui, sous lui, se caressant pour lui ; lui, derrière un miroir sans tain ou un trou dans le mur et, de l'autre côté, de toutes jeunes filles à peau tendue, d'un seul tenant, sans cicatrices, quasi vierges; des femmes habillées en religieuse, Indienne, bébé, vestale, danseuse ou exposant leur peau noire, ou leur peau laiteuse et leurs yeux très bleus d'Allemandes, ou leur ossature fine à broyer de Chinoises — elle devine les mélanges de pigments, de langues, d'odeurs, elle se sait si répétitive; l'intérieur d'une maison de rendez-vous dans la Sarthe, elle est passée devant quelquefois, en allant vers le bout du village de Mamers, au-delà du lavoir sur la Dive et des rues en terre, maison entourée de vergers, de fleurs, pleine d'oiseaux, elle est sûre que dedans ça sent la confiture de fraises, le savon, le feu éteint, et c'est peut-être la vraie image de la douleur : cette douceur du lieu, de la fille dedans, qui couche sur un drap de coton, qui rit avec Joseph, ses ongles sont cassés, ses joues rouges, l'horloge en bas égraine les heures, il fume après l'amour, appuyé aux oreillers et elle, la tête posée sur son torse, y fait courir ses doigts, distraitement, en parlant de son petit frère. Toutes les images prennent naissance dans les chuchotements mondains. Ce sont peut-être des fantaisies. Ou pas.

Car les premières années du mariage, il la pénètre, la nuit, sans prévenir. Ils font encore un amour adultère, défendu, total, comme si ça pouvait cesser le jour d'après. Elle est heureuse à en pleurer. Comment cela s'espace, à quel rythme ; quand, exactement, elle se formule ceci : qu'il vient moins souvent, et aussi : moins longtemps, qu'il ne reste plus la nuit entière, et puis : qu'il n'est plus là qu'avant le coucher, ordonnant chaque temps de la journée y compris celui du plaisir, il lui est impossible de le dire précisément. Mais cela arrive. Un soir de décembre 1913, quelques jours avant la panne de voiture place de la Défense, elle est assise au bord de son lit, c'est la nuit, son bas noir est filé, et elle se dit qu'il n'a jamais vu ce bas acheté la semaine dernière, un bas de soie moirée qu'elle va jeter demain sans qu'il ait posé dessus ni ses doigts ni sa langue. Elle surveille : il n'ouvre plus les yeux quand ils font l'amour ; elle cherche, sous les paupières, les formes étrangères qui l'habitent. Elle songe à mentir. Prétendre avoir un amant. Elle essaie, ne peut pas. Elle redevient vieille, comme à dix-neuf ans, plus vieille encore si c'est possible, et elle aperçoit le trou dans le bas pas regardé, pas touché, trou dans la peau, qui saigne, meurt, creuse un vide sidérant. Elle le regarde. Elle a mal. Elle déchire le bas, l'enfonce dans sa bouche pour absorber le cri, elle ne peut plus rien, elle a tout fait, elle a déjà été, toutes les fois qu'il l'a voulu, il n'y a pas d'autre preuve d'amour, sa femme et sa

— Putain. C'est pas vrai…

Claire tourne la clé. Fort. Enlève la clé, entre la clé, la tourne. La tourne encore. Trois fois, dix fois. Elle passe la seconde, tourne la clé à nouveau. Tape la clé contre le tableau de bord.

— Et merde ! Merde merde merde !

Elle appuie sur le triangle rouge, warnings, ôte sa ceinture de sécurité.

— Bouge pas.

Elle sort de la voiture, claque la portière, agite les bras. Un utilitaire blanc s'arrête.

— Qu'est-ce qu'il se passe ?

— Panne d'essence.

Elle ouvre les portières, les deux hommes s'appuient, le corps à l'oblique, ils poussent, elle tourne le volant, trotte à côté de la voiture. Trente mètres. La place est large, elle entre par l'avant, serre le frein à main. Elle n'a pas de monnaie, pas de sourire, elle fouille dans son sac, tend aux deux hommes le paquet de frites acidulées, ils disent non merci alors elle les jette dans une poubelle. Elle s'assoit dans la voiture, à l'arrière, à côté de Kay. Derrière le pare-brise, la file de voitures, les éclats de soleil sur les carrosseries, au-delà les jets d'eau de la fontaine du rond-point, et au-delà encore, les tours.

— Tu es fatiguée, hein ?

— Quand est-ce qu'on rentre…

— Je ne sais pas, mon cœur.

Elle descend, ouvre le coffre, soulève l'énorme valise à roulettes. Elle détache Kay, la porte sur le trottoir, dit qu'elles vont laisser la voiture ici, de toute façon que faire d'autre ? Elle arrange les tresses de l'enfant, les resserre, fait coulisser dans les cheveux les pinces de métal rose qui retiennent les mèches trop courtes. Elle plante une paille dans un jus de raisin chaud, le tend à Kay qui éclabousse son T-shirt, boit deux gorgées, grimace, repousse la brique. Poubelle.

— Je t'aime, Kay.

Claire met ses lunettes, les enlève, souffle la poussière sur les verres, les replace. Embrasse les cheveux de Kay. Elle ferme à clé, saisit d'une main sa fille, de l'autre la poignée de la valise et quand Kay demande pourquoi on ne la laisse pas dans le coffre, cette valise bourrée de linge sale et mouillé, Claire dit que ce n'est pas prudent, elle ne sait pas quand elles vont retrouver la voiture, le temps que. Elle tire sur la poignée, sur la main de Kay. Elle transpire, des taches foncées sous les aisselles. Elle avance, tout droit, chuintement des roues sur le sol lisse.

— Et puis il y a tes jouets dedans, ce serait dommage.
Elles marchent vers la bouche de métro. La valise frotte contre les rainures de l'escalator. Le trou les engloutit ; Kay entière, d'un coup ; Claire progressivement : taille, poitrine, cou, tête. Dans le wagon qui siffle, les vitres sont ouvertes, Claire ferme les yeux, l'air se prend dans ses cheveux, Kay compte une, on passe la Seine, deux, trois stations, la main de sa mère reste accrochée sur la sienne à la barre verticale, son corps absorbe les coups de frein, les arrêts, les accélérations brutales sans jamais lâcher. La Défense, terminus.

— On va où ?

— Tu vas voir.

— Maman, la valise, elle est mouillée !
Claire regarde. Passe la main sur le tissu bleu. Frotte ses doigts. Tire la fermeture éclair, sort deux serviettes-éponges roulées en boule : poubelle. Prend la main de Kay, se dirige vers la sortie. Deuxième escalator. Claire surgit sur la place blanche saturée de soleil, puis Kay, une main protégeant ses yeux. Claire fouille dans son sac.

— J'ai oublié tes lunettes dans la voiture.
Tend une casquette rose à Kay, qui l'enfonce sur ses sourcils.
Elle se tourne vers Paris. Dans le gris carbone, à l'horizon, le pont de Neuilly, l'avenue Charles-de-Gaulle, la voiture. À sa gauche la tour EDF, la sculpture de Miró, à droite un cube en verre

sous treillis de béton, puis l'entrée des Quatre-Temps, la forme vert d'eau de l'Élysée La Défense, l'Arche, et dans son dos la carapace blanche du CNIT, la tour onyx d'Areva, l'araignée rouge de Calder et un manège neuf façon 1900, ses faux chevaux de bois, ses calèches sous rideaux de fer, *c'est fermé, Kay.* Kay gratte le sol de minuscules cailloux gris, beiges, noirs agglomérés dans du ciment en dalles énormes, régulières. L'esplanade est quasi vide. Des tables de restaurants désertées, écrasées de soleil. Quelques ombres traversent la place à contre-jour, à pas rapides, femmes, hommes surtout, tailleurs et costumes sombres. Autour de Claire et Kay, des blocs aux fenêtres en miroirs se reflètent les uns dans les autres, dans les uns, dans les autres, de reflets de choses en reflets de reflets, indéfiniment, renvoyant la lumière, monde clos, dissimulé par l'éblouissement aux regards extérieurs. Dedans il doit faire frais, la clim' tourne à fond, blocs de bureaux réfrigérés pleins de cliquetis de souris et de claviers d'ordinateurs, du crépitement léger d'imprimantes, de photocopieuses laser, de fax, de pas sur la moquette grise, du ronronnement de machines à café derrière cloisons vitrées, de froissements de vestes, de doublures de jupes, de vibrations de téléphones portables et d'agendas électroniques, de soupirs de fauteuils en cuir pivotants, du bâillement de portes automatiques ou à ressort à bras, sons retenus, enfouis, absorbés, et parfois, le discret clapotis d'une eau minérale qu'on verse dans un verre. Le quotidien d'Alex, dont Alex est absent parce que aujourd'hui, il travaille à la maison. Kay a chaud, son épaule rosit au soleil. Claire ouvre la valise, sort des chemises, des jupes, des paréos froissés, trouve un tube de crème solaire qu'elle presse entre ses doigts. Elle passe la pâte blanche sur l'épaule de Kay qui se casse les ongles sur les cailloux ; qui ne dit rien. Elle jette le linge dans la valise, la referme.

— Tu as chaud, Kay ? Il fait chaud, hein ?

Elle n'est jamais venue voir Alex ici. Elle ne va pas à la Défense. Des tours de bureaux, elle en a visité à New York et à Tokyo, elle ne connaissait pas Alex, allant chercher des clés d'appartements d'amis d'amis qui la logeaient pendant les vacances ou lui offraient de profiter de la vue en buvant un café dans un gobelet de plastique. Elle se figure Alex travaillant et elle pense aux tours de New York et Tokyo, c'est inévitable, elle voit nettement le lieu, les meubles en série, leurs surfaces lisses, aseptisées, le lustre des toilettes, des lavabos, les uniformes ; avec, encadrée à côté du PC portable d'Alex, une photo d'elle et de sa fille qu'il range le soir dans un caisson à roulettes à son nom pour laisser vierge l'emplacement utilisé, tandis que son numéro personnel disparaît de l'écran à cristaux liquides du téléphone fixe pour n'être plus qu'un numéro d'emplacement, alors Alex s'efface, se laisse engloutir dans la masse anonyme, homogène de l'entreprise, il est à l'intérieur d'un compartiment amovible 50 × 30 × 25 cm contenant des dossiers clients, un dessin d'enfant, une photo, un paquet de biscuits. Alex devenu transparent. Alex promu cette année, super transparent. Alex épuisé à la maison, ayant juste la force de dénouer sa cravate mais continuant de porter, à table, le costume foncé, la chemise bleu ciel, le badge de sécurité qu'il retire de sa poche et pose à côté de son assiette, tripoté par Kay avalant sa soupe, intriguée par la déformation numérisée de son visage. Claire veut voir le lieu où Alex meurt, est mort, achève de le faire, où ils sont morts aussi, tous les deux, peut-être. La tour d'Alex. Qu'a-t-il dit ? Derrière le Pouce de César ? Elle relève Kay, la petite main glisse à cause de l'ambre solaire. Elles vont traverser l'esplanade. Trouver la tour, franchir les portes automatiques. Laisser une pièce d'identité, prendre un ascenseur jusqu'au 22e étage, ils ne savent pas qu'Alex n'est pas à son bureau, ils les laissent monter avec la valise mouillée, la crasse, la sueur, *c'est le bureau de papa ?* demande Kay, et Claire hoche la tête, *on va voir papa alors ?* secoue la tête, pose un doigt sur sa bouche, *mais on y va ou quoi ?*, leurs transpirations cristallisent, *j'ai froid maman…* les portes s'ouvrent sur un espace ouvert, bureaux dissimulés derrière des labyrinthes de cloisons basses ne laissant dépasser que les têtes, *viens, on va aux toilettes, se laver les mains, boire, d'accord ?* Claire tire la valise et Kay dit qu'elle veut voir son père ; elle se met à pleurer, Claire traîne Kay en larmes, broyant la main de l'enfant, escortée par des regards incrédules jusqu'à la porte blanche fichée d'une petite forme de femme triangulaire. Elle pousse la porte, la valise se coince, résiste, finit par entrer, Claire se précipite avec Kay à l'intérieur d'une cabine, tourne le loquet, *pleure pas je t'en supplie pleure pas, moi aussi je suis fatiguée*, elle sent les larmes rouler sur ses joues, et à leur vue Kay redouble de sanglots. Alors Claire s'accroupit, serre sa fille, soubresauts contre soubresauts, *ça va aller, ça va aller* ; c'est à elle-même qu'elle adresse les mots rassurants, *ça va aller*, elle est parmi les morts avec sa fille, qui en a l'intuition, qui redemande, le nez plein de morve, et sans espoir, si elles sont venues voir papa. Claire la berce, doucement, les yeux rivés sur un autocollant scotché à la valise.

Alex, ç'a été la fin du manque. Un terme à la course, quête et fuite, comme si, à rebours, les trente années qui avaient précédé leur rencontre, toutes les expériences de Claire, l'obsession de leur cumul, depuis la collection de flacons de parfum dans l'enfance à l'apprentissage du piano, la plongée dans l'Histoire dans l'idée de pouvoir comprendre les origines, trouver une place, la mise à l'épreuve du corps dans l'amour, le théâtre, le sport, du cerveau dans les études de lettres, de philo, de musique, de l'identité dans les voyages et les défis au bout du monde, c'était comme si l'énorme somme de jubilations, de déceptions, de conquêtes de ces trente années écoulées s'était résolue là, en Alex, seul point fixe dans l'univers. Cesser de penser. De vouloir. De chercher. Rencontrer Alex, épouser Alex, épuiser là l'exploration des possibles. Une sorte de retour aux limbes, l'image est venue au moment des premières échographies de Claire montrant Kay, orange et lisse, baignée dans le liquide amniotique ; une régression en Alex, comme Kay en Claire quelques années après leur rencontre, comme Claire en sa mère, il y a plus de trente ans, dans l'éternel amour ; l'éternelle satiété. Alex, c'était : trouver une maison.

Claire serre le corps de Kay dans les toilettes fermées à clé, fixant le drapeau danois rouge et blanc délavé collé sur sa valise. Le Danemark, c'est il y a deux ans. Elle y passe quelques jours seule, sans Alex ni Kay, pour la première fois. Elle marche sur le bord gris de la mer, dans les sentiers nus, verts, dans les champs plantés d'éoliennes aux pales lentes, massives, couleur de pluie. Elle longe des ports aux eaux mates, avec des grues rotatives et des hangars sombres. Elle prend des trains qui passent d'une île à l'autre, traversant la mer, refermant derrière eux un épais rideau de brume, butant contre un autre, isolés au milieu de l'eau comme des segments de droite sur le blanc de la feuille, elle aime ça : se perdre, à nouveau, et c'est aussi, pense-t-elle, parce que au bout du voyage il y a Alex, d'ailleurs moins Alex que la douceur d'une vie qui l'attend, une fois la parenthèse refermée, la quiétude, sa certitude quand elle rentrera chez elle, après. Un soir, dans sa chambre d'hôtel, elle reçoit un message sur son téléphone portable : « Ta peau me manque. » Elle regarde s'afficher les lettres sur fond d'écran orange. Elle frémit. De ne rien sentir. Elle relit. N'éprouve rien. Ne sait pas quoi répondre. Caresse son bras. Sa nuque. Son ventre. Touche son clitoris sous la chemise de nuit. Les aréoles de ses seins. Se couche. Garde les yeux ouverts sur le noir. Elle est en train de mourir, comme Alex meurt dans sa tour de la Défense. La fin du manque. Du désir. La fin.

Elle rallume la lumière; elle s'assoit sur le bord du lit. Elle connaît le manque : de Kay. Physique; la faim de Kay, la frustration de son éloignement prolongé et parfois, la peur de sa disparition. Quand ça arrive se creusent dans sa poitrine, dans son ventre, les formes de la petite fille. Claire anticipe le renflement de la joue de Kay dans sa nuque; la surface d'appui de son visage à la base du cou; la marque mouillée de sa bouche sur l'épaule; la préhension de ses vertèbres cervicales par ses petites mains nouées. Le manque est possible, il a les contours du corps de Kay. Claire peut avancer les bras, envelopper exactement les volumes invisibles, elle le fait, serrant le corps fantôme au niveau précis des aisselles, un enlacement étroit, intuitif, guidé par la mémoire précise des diamètres, des circonférences, du poids de chaque partie isolée, des distances entre elles, de leur souplesse, de leur fragilité. Elle a la sensation des jambes enroulées autour de sa taille, trop courtes pour en faire le tour ; elle les voit, dans le miroir en pied qui lui fait face, collé à la porte coulissante du placard de la chambre d'hôtel. Elle sait, d'avance, toutes les pressions : celle des genoux sur ses hanches, celle des talons contre ses reins, celle des poignets dans son cou. Le ventre un peu bombé s'imprime contre le sien. Plus haut s'ouvre un espace entre sa poitrine et le sternum de Kay, à cause du relâchement de sa tête, lourde, abandonnée contre l'épaule de sa mère, forçant son dos à la rondeur. Depuis la naissance, depuis le nourrisson à la tête ployante, à la fontanelle molle, aux os friables, aux doigts de verre jusqu'à l'enfant potelée, à la petite fille mince aux articulations trop fines, Claire connaît par cœur, à cause du manque, de la nécessité de le recomposer mentalement, charnellement, le corps de Kay. Au Danemark le téléphone s'allume encore et vibre : « Tu me manques. » L'image d'Alex qui naît de ces mots n'a pas plus de relief, de chair, qu'une photographie. Elle tape : « Bonne nuit, je t'embrasse. » Elle enfonce des bouchons de mousse dans ses oreilles, éteint son téléphone. Ça fait des semaines qu'ils n'ont pas fait l'amour.

Skagen, pointe nord du Danemark, une bande de sable en forme de pinceau au bout de laquelle se mélangent les eaux de deux mers, du Nord, et de Norvège. Un homme de dos, debout sur la dune, face à la mer prend des photos. Ciel blanc, immobile. Étendue beige bosselée sur des kilomètres, piquée d'herbes mortes et d'arbrisseaux secs. Mate comme l'eau, au loin. Ni ombres ni reflets. Plus bas, à ras du sol compact, là où la mer s'est retirée, un souffle de sable blanchit la plage et grêle les chevilles. Claire cherche les bleus des tableaux de Krøyer, qui tombent du ciel vers l'eau, ou s'étendent de l'eau vers le ciel, denses, gommant tout horizon, toute limitation de l'espace, toute idée de plans. Bleus froids d'hiver d'où se détache parfois la blancheur de la lune ou d'une robe de femme ; bleus mauves du soir après une journée de soleil ; bleus verts et turquoise d'une mer de baignade qui dévore la toile, lumineuse, sans rivage. À-plats dont la nuance d'humeur tient à la quantité de jaune mêlée au cyan, infimes variations tonales de la joie à la douceur à la mélancolie, dont la dominante bleue absorbe les excès. Mais là, face à elle, une palette d'automne pluvieux, nuancier de blancs, de beiges, de gris mouillés. Elle voudrait savoir ce que l'homme prend en photo. Ni bateau ni oiseau, pas une silhouette d'homme ou de femme. La nuit tombe sur la plage. Au loin, sur le parking, une paire de phares s'éloigne vers la route. Claire s'approche de l'homme, lui demande ce qu'il photographie. Il répond : les changements de la lumière. Elle dit qu'il n'y a pas de lumière. Il répond que si, même en pleine nuit, il attend à côté de son trépied, des poses de plusieurs minutes, jusqu'à vingt, l'obturateur ouvert au maximum sur le halo de lune, les reflets, les scintillements du quartz, l'humidité des coquillages et des morceaux de bois qui renvoie les plus faibles rayons. Elle attend avec lui. Il demande si elle veut voir. Elle dit oui. Ils s'assoient sur le sable, dans l'obscurité, penchés sur l'écran bleu électrique de l'appareil numérique. Ils regardent des noirs veloutés, rugueux, soyeux, zébrés par une trace d'eau, elle pense à Soulages, le lui dit. De loin, ce qu'on voit d'eux est un petit rectangle fluorescent dans le noir, face à la mer invisible, leurs deux visages blancs. Claire a lu dans son guide touristique que les artistes qui venaient à Skagen au XIXe siècle trouvaient des rues remplies de sable, lentement ensevelies, comme les maisons et cette église du tableau de Melbye, encerclée de landes, ensablée, et avaient peur d'y mourir, recouverts par la dune mouvante. Le photographe a un accent anglais, ou irlandais, Claire ne sait pas, elle parle mal les langues, mais elle se souvient que *moving*, en anglais, c'est à la fois *mouvant* et *émouvant*. Un mouvement intérieur, un déplacement, c'est exactement ce qu'elle sent, appuyée à l'épaule du photographe, et peut-être est-ce le désir, jusqu'à ce que la batterie lâche.

Le lendemain, il prend des photos d'elle sur le port de Skagen, elle trouve ça troublant qu'il en ait envie, et qu'elle en ait envie. Quand elle rentre à Copenhague elle a un trou au ventre. Une envie de jouir lézarde, lentement, l'image bleu ciel du retour.

— Tu sais ce qu'on va faire ?
Kay se frotte les yeux, secoue la tête.

— On va monter dans l'Arche, très haut au-dessus du sol, là où les hommes ressemblent à des fourmis, où les voitures sont petites comme un ongle. D'accord ?
Et parce qu'il ne faut pas attendre la réponse, Claire essuie les joues de sa fille avec des feuilles de papier toilette, en glisse un rouleau dans la valise et tire la chasse. Puis elle ouvre la porte et se dirige vers les ascenseurs.

— Tu vois l'Arche ?
Sur le parvis, Claire montre du doigt la forme blanche qui fait plisser les yeux, son nuage de Téflon et de câbles, se tourne vers Kay et l'aperçoit, à vingt mètres, assise par terre, les bras croisés.

— Tu viens ?
Kay secoue la tête.

— Allez, Kay…

— Non ! hurle la petite fille. J'ai mal aux jambes.
Alors Claire sort de la valise un petit sac à dos qu'elle bourre des jouets de Kay et de quelques vêtements, soulève sa fille, l'assoit sur ses épaules et, traînant l'ombre de leurs deux corps, marche vers l'Arche d'un pas régulier, tranquille,

presque assuré, tandis que loin derrière la valise ouverte bâille les serviettes roses et vertes, les maillots de bain en Lycra, les robes d'été fripées, le ruban beige d'une espadrille et la bretelle, noire, d'un soutien-gorge.

Elle grimpe les escaliers qui mènent à l'Arche, dépose sa fille par terre. Paie deux billets, déplie la brochure, parcourt les premières lignes en attendant les ascenseurs : un cube de 300 000 tonnes qui pourrait contenir Notre-Dame de Paris ; l'architecte, Johan Otto von Spreckelsen, est danois.

Les ascenseurs ont la forme des petites gélules translucides qu'elle avale depuis des mois. Pour dormir, être patiente, calmer le désir qui la tord et n'a pas de visage, ou bien tous les visages à l'exception de celui du mari, elle a cette impression étrange qu'elle se manque. Qu'elle s'est anesthésiée. Place de la Défense, le chauffeur tarde à revenir. Elle s'éloigne de la statue, revient vers la voiture stoppée au milieu de la place. À l'intérieur, sous la buée, c'est plein de bougies blanches et rouges à la rose, au jasmin, à la fleur d'oranger tout droit venues de Grasse, de guirlandes en papier, nœuds en satin, couronnes tressées, de motifs en bois fabriqués à Strasbourg à pendre aux branches du sapin, de boîtes de berlingots, de nougats, de calissons commandées la semaine dernière, de linge de table ivoire à liseré or empaquetés en colis polychromes.

La neige n'accroche pas à la carrosserie. Elle fond, s'agglomère en gouttelettes que crève le moindre souffle. Henriette regarde trembler puis se défaire les petites sphères transparentes, les regarde glisser, la traînée d'eau se rétracter en perles plus fines, infimes disparitions dont la somme, peu à peu, en évoque d'autres : celle de sa plus jeune fille, Marie, il y a cinq ans, la rondeur de son visage à la peau translucide à peine enfoncé dans l'oreiller de plumes, que la plus légère émotion rosissait — un baiser, l'éclaboussure sur sa jupe après la pluie, une déchirure à la page d'un livre —, devenu livide et qu'elle a poudré, fardé elle-même avant la mise au cercueil, épouvantée ensuite par l'image de l'enfant endormie qu'on clouait sous une plaque de chêne, ôtant la poudre, le fard, d'un coin de mouchoir mouillé de salive ; et, six mois avant, la brisure du vaporisateur de parfum offert par Léo, son ex-mari, le chagrin de Marie qui avait choisi le capuchon doré, le verre rose, le ruban soyeux noué au soufflet que le chat avait mordu, griffé avant de précipiter le flacon au bas des escaliers ; et le cadavre du chat, l'année dernière, dans le caniveau au bas de l'immeuble, le doigt de la gardienne pointé vers les mouches vertes, la flaque de sang, le chat adoré de sa petite fille en dépit du vaporisateur fracassé, chat piétiné par des sabots de chevaux et l'enfant deux fois suppliciée ; et la mort de l'aloès dans le sud, Marie a cinq ans, une tige perce au cœur de la plante, pousse, cinq centimètres par jour, jusqu'à deux mètres cinquante, vidant les feuilles de leur substance, fleurit en grappes vertes gonflées de graines que le vent dispersera, plus tard, quand les feuilles auront pourri, et devant ça, Marie, la main glissée dans la main de sa mère, serre les dents si fort qu'une incisive cède, la première dent de lait tombée. Le visage d'Henriette se reflète dans la carrosserie, criblé de gouttes sans cesse éclatées, renouvelées. Elle pense qu'elle est en train de disparaître aussi, il suffirait de n'être plus que l'épouse de Joseph, de s'endormir en paix dans la chambre chaque nuit, n'attendant rien, dans un corps vierge de son empreinte ; on n'en est pas loin.

Elle ouvre la portière. Elle s'assoit sous la buée opaque entre les paquets neufs. La lumière ne les touche pas. Ni reflet ni éclat, à contre-jour ils forment une masse inerte. « Le vent de la mort a passé », a écrit un journaliste dans *Le Figaro* du matin. Il s'agit de politique, de la carrière de Joseph, mais ils commencent à les détruire, ces gens ; elle et lui.

Elle ignore que, dans ce journal, cent dix articles vont être publiés contre Joseph dans les trois prochains mois. Bientôt, dans le bureau, les journaux s'entasseront en piles chancelantes où s'accumuleront mille fois les mots *impôts sur le revenu, antipatriotisme, Allemagne, affaire Rochette, scandale financier,* ils prendront la poussière dans un coin de la pièce, elle recouvrira les titres gras, les caricatures d'un sable mauve très fin, comme elle ensevelit les bombes dans des champs de maïs, sous le sable des plages, longtemps après les guerres, jusqu'à ce qu'un pied d'homme, les pattes d'un oiseau, une vibration quelconque les fasse éclater. Plus les piles croîtront, moins Joseph montera jusqu'à la chambre de sa femme. Elle s'alitera. Perdra huit kilos, touchera les os de ses mâchoires. Il ne sentira pas les côtes rouler sous ses doigts ; les hanches aiguisées ; les bosses dures des vertèbres. Elle s'effacera. Elle lira *Le Figaro* tous les jours. 8 janvier, « Les combinaisons secrètes de M. Caillaux » ; 11 janvier, « Les combinaisons secrètes de M. Caillaux » ; 29 janvier : « Les combinaisons secrètes de M. Caillaux » ; et encore le 25 février. Elle retiendra ce titre à répétition, en délaissant de plus cruels pour la carrière de son mari, ayant lu « combinaisons secrètes » avec les yeux d'une femme déjà trompée, délaissée, creusant les strates de la langue, et ce qu'elle y entendra lui broiera le ventre les nuits où Joseph rentrera tard — *combinaison : sous-vêtement féminin d'une seule pièce, maintenu par des bretelles aux épaules et habillant le corps jusqu'aux genoux.* Pendant des mois elle continuera de lire la presse, soudain réjouie par les fracas d'insultes et de calomnies à cause de la tendresse dont elle croit que Joseph aura besoin, comme une trêve dans la glaciation des corps. Elle se souvient qu'il a été sa carapace, qu'elle a eu ça, au début : lui, collé à son dos, entièrement, ses jambes repliées dans les siennes, un bras sous elle, l'autre autour, en étau, les doigts de ses deux mains croisés dans ses doigts à elle ; tenue, épousée vraiment, elle a chaud, pour de bon, comme jamais avant, il s'endort sans desserrer l'étreinte ; elle a envie de manger les parties les plus douces de son corps, creux des bras, poignets, hanches, intérieurs des cuisses, elle n'ose aucun geste, aucune rupture, la sueur mouille les points de contact de leurs peaux, ventre et dos, épaules et torse, leurs articulations nouées, mains, genoux, chevilles, elle glisse en gouttes lentes jusqu'au matelas qui les absorbe ; son avant-bras fourmille, le sang n'y circule plus, et sa jambe, une paralysie diffuse, picotements électriques, une démangeaison, à un moment l'envie de boire, sa langue est sèche, ou d'uriner, mais il dort, ses muscles tressaillent, alors elle ne bouge pas, ces nuits-là elle n'entendrait pas sa fille en cas de cauchemar, elle le sait, et ferme les yeux, immobile, concentrée sur le chaud qui l'enveloppe, la tient prisonnière ; rien ne peut arriver, rien de mal, tout peut attendre. Maintenant elle regarde grandir la pile des *Figaro*, imagine qu'à son tour Joseph se couchera, ramassé en chien de fusil, la tête sur son ventre. Elle caressera son corps rétréci, lissera son front chauve, la peau sensible et un peu grasse à la racine des cheveux, ça n'aura pas d'importance ses mains inertes, son sexe replié, il pourra s'endormir. Mais en trois mois il ne viendra pas. *Le Figaro* titrera encore sur des « combinaisons secrètes » où d'intuition elle verra des complots de femmes, et non de politiciens. Tous les soirs, elle déroulera ses bas noirs et se couchera nue.

Un coup à la vitre. Elle essuie la buée. Le visage du chauffeur apparaît, gondolé sous les traces d'eau. Elle ouvre la portière, il tient un récipient de carburant, il dit qu'ils vont pouvoir repartir et lui tend une broche mouillée, *vous avez dû la laisser tomber*. Elle prend la broche, un oiseau bleu marine, presque noir. Elle revoit, par contraste, la blancheur de la main autour, le poignet qui la lui offre il y a cinq ans, la manche de la veste sur la manche de chemise, elle redessine à partir du poignet le bras et tout le haut du corps, l'épaule fine, la poitrine concave, le cou aux veines saillantes, la pomme d'Adam, le menton carré, les poils de barbe, le monocle sur l'œil gris, les cheveux cirés de Léo. Et de ce bleu, ce noir, ce gris, elle tire le décor par petites touches, les livres de Léo sur les étagères, leurs couvertures foncées, ses recherches, ses plongées dans la langue, dans l'histoire, les archives, l'odeur de cave de ses vêtements, de sous-sol de bibliothèque. Il soufflait dans les pages craquelées de vieux ouvrages avant de les faire sentir aux filles ; il posait la fourchette sur le bord de l'assiette, les yeux rivés à un motif de la nappe, clignant des yeux sans lâcher l'objet de son absence, le promenant mentalement dans les volutes des broderies, entrelacs de lettres, elle tapotait sa main du bout des doigts, il revenait à eux, provisoirement. Elle fleurissait les jardinières des balcons, seringat doré, escallonia, laurier-rose, géranium, grondait la plus petite qui mangeait des pétales de fleurs, elle saupoudrait du sucre sur la crème, lisait des histoires, faisait coudre des rideaux jaunes pour la salle à manger ; et tout ce temps, Léo retiré parmi les choses mortes, jouets cassés, jeunes filles du XVIIIe siècle, Paris de jadis, parmi les morts, Mme de Sévigné, Charles Dickens, et Lesage surtout, écrivain pauvre disparu depuis deux siècles, auteur de traductions grecques, espagnoles, de romans, de pièces de théâtre dont personne dans son entourage ne se souvenait, ou bien c'étaient des messieurs à longues barbes, un peu sales, qui parlaient lentement, du jus de tabac aux commissures des lèvres. Bleu marine presque noir, sa vie avec Léo. D'un noir à la surface changeante, creusée d'infimes reliefs et, selon l'intensité de la lumière, plus ou moins terne. Cependant, à première vue et d'ordinaire, d'abord un plan monochrome et sombre. Sa vie, avec lui.

Et paisible. Dans le noir, en demi-sommeil, elle vivait de visions floues, simples, lentement renouvelées au fil des années : images de la rue en bas, de l'école, façades d'immeubles bourgeois et intérieurs cossus, vitrines des grands magasins, livres illustrés de sa fille, bals, repas de famille dans les mêmes assiettes de porcelaine, chaque fois un peu plus ternes, leurs motifs érodés après cent ans de viandes en sauce, devenus mats; cocktails, décors à peine changeants d'une saison, d'une maison à l'autre, et elle, souriante, discrète, la peau de ses joues légèrement distendue au fil des visites, et par-dessus ces images se greffaient des sons, des odeurs aux variations si légères dans le noir dominant — on aurait pu dire *ombrées* —, toutes choses extérieures glissant patiemment sur elle qui continuait d'inspirer, d'expirer, s'appliquait à oxygéner ses artères, à maintenir la fonction vitale dans le crépuscule. Son corps s'engourdissait, et ceux des enfants, léthargie douce : personne n'attendait rien. Comme les ficus, Henriette se conservait lisse et verte, elle faisait des feuilles, ornait la pièce commune. Elle n'aurait pas de rides en vieillissant, contours des yeux et des lèvres intacts, pas de pointe au cœur ni d'hémorragie cérébrale. Mais depuis Joseph cette faim rouge entre les cuisses. Elle a déteint sur la jolie collection d'images quotidiennes, une tache vermillon qui s'est élargie, a envahi la rue, l'école, a coulé sous les portes des appartements, dans les fissures du plafond, les creux des moulures, les rainures des parquets, a voilé les vitrines des magasins, la face du pâtissier, du rouge dans les assiettes, dans l'air qu'on respire, il a fait gonfler sa lèvre inférieure et tendu le sexe de Joseph, il a goutté dans le livre illustré de sa fille qui l'a senti sans comprendre, elle a souri, les pages s'étaient muées en peau, le papier palpitait par la voix de sa mère, le rouge l'habitait, battait dans sa langue, Henriette alors a su qu'elle deviendrait vieille et abîmée et ça ne lui a pas fait peur, elle a pensé qu'avant Joseph elle ne s'était jamais sentie aussi vivante qu'à la mort de sa fille, tellement atteinte, tellement éprouvée, physiquement, jusqu'à cet asthme qui avait foré sa poitrine. Ensuite, tant de choses inutiles : fixer les poignées de portes ; assortir le tapis aux fauteuils ;

interdire à Juliette le bord du trottoir, l'obliger à apprendre à danser, à tirer ses cheveux en chignon ; hocher la tête en écoutant les vieux messieurs ; lutter contre les bâillements au théâtre. Avec Joseph elle a eu faim.
Elle pique la broche de Léo au col de son manteau. Un trou précis, quasi invisible, contre la gorge : ce qu'il reste de Léo. Maintenant la voiture démarre, le chauffeur fait le tour de la place. La statue de Barrias se dissout dans le crépuscule, il n'y a plus rien à voir et c'est effrayant, cet effacement des choses avant l'allumage des becs de gaz. Elle pense qu'une fois le rouge franchement pâli, c'est peut-être bientôt, il faudra en finir.

Mars 1914. Elle attend. L'homme du *Figaro* est en rendez-vous à l'extérieur, la secrétaire ignore l'heure de son retour, et peut-être même, dit-elle, il ne repassera pas par le bureau, ce soir. Henriette a chaud, maintenant, avec son manteau, son chapeau noir, son manchon. Elle ne peut enlever le manchon à cause du pistolet qui glisse dans sa main en sueur, ni le manteau, à cause du manchon, alors les gouttes de transpiration coulent à ses tempes, imbibent son foulard, et elle ne les essuie pas, les mains liées au pistolet. Elle attend, immobile, l'œil rivé sur l'aiguille d'une pendule, inconsciente du temps passé comme du temps à venir, elle est dans le temps du dégoût, de la mort, qui est sans limite.

Elle attend Gaston Calmette, directeur du *Figaro*, qui par sa campagne a saccagé leur amour. Elle passera la nuit ici s'il le faut, elle entrera dans le bureau de Calmette, retournera l'arme contre sa poitrine. Il restera debout, hébété face à la mare de sang.
Ce que deviendra sa fille Juliette, après son geste, elle ne sait pas. Elle ne pense pas à Juliette à ce moment de l'existence où la vie, lentement, la quitte, elle n'est ni homme, ni femme, ni mère, elle a mal et c'est à cette douleur qu'elle appartient. Elle a chaud mais sa chair est froide, ses lèvres sont bleues, il n'y a plus de muqueuses dans ce corps gelé, de sécrétions, ni d'afflux de sang. Si seulement elle pouvait visionner la scène, se déloger d'elle-même, se regarder, dans le reflet d'une vitre, dans un miroir, elle serait effrayée par sa pâleur extrême sur le tissu couleur d'encre qui l'enveloppe, les gouttes translucides à la racine de ses cheveux, sur les ailes du nez, qui s'agglomèrent et coulent de part et d'autre de son visage, elle verrait son indifférence pour le monde et pour Juliette, qu'elle s'apprête à quitter avec le reste de la vie, et elle ne croirait pas qu'elle a pu ça : décider d'en finir sans se soucier de son enfant, sa voix un peu aiguë, ses sourcils denses, asymétriques, son rire silencieux, ses façons de refuser un baiser en en soufflant un, de loin, du bout des doigts, elle ne croirait pas non plus qu'elle a pu vouloir en finir au commencement de sa vie à elle, Juliette, arbitrai-

rement, qu'elle a pu douter que Juliette soit une raison suffisante pour elle, Henriette, de se nourrir, de se vêtir, de marcher droit, d'exister, de survivre à l'effondrement de l'amour, à la disparition de la chair. Au *Figaro*, dans l'instant aveugle, elle est réseau de nerfs noués, de veines grises, d'os coupés à angles droits.

À cette heure, Juliette se promène sur les bords du lac du bois de Boulogne. Elle a ouvert son ombrelle, prenant garde au premier soleil, frôlant les arbres pour se maintenir, toujours, à la lisière de l'ombre. Elles montent dans les ascenseurs. Le verre bleuté change le monde extérieur en film de Buñuel, une image délavée, un peu vieillie, trop distante pour appartenir au réel. La porte coulissante se ferme, la cabine s'élève sans hâte.

— Regarde, Kay, l'Arc de triomphe. La petite allumette toute grise, là-bas, c'est la Concorde.

Mouvement ralenti des voitures au loin, des gens en contrebas.

— On dirait des poissons.

— Quoi ?

— C'est comme un bocal.

Les poissons c'est elles, collées au verre et séparées du dehors. Séparé : distinct, hermétique. Ou, mieux : divisé au-dedans, comme les bras d'un fleuve. L'ascenseur s'immobilise. Les portes coulissent.

— On va sur le toit ?

Elles traversent l'espace aseptisé du musée de l'Informatique, les portiques aux angles arrondis en métal orange, les parallèles parfaites de socles gris, mats, et les machines inertes posées dessus comme de gros jouets.

Tandis qu'un gardien tient ouvert le battant, que Claire abaisse ses lunettes de soleil, Kay oblique soudain vers un couloir rouge et bleu, plein de scintillements argentés et de lumières clignotantes. Elle longe des piles d'assiettes, sucriers, mugs, cendriers décorés de la façade de Notre-Dame, de la Grande Arche, de l'Arc de triomphe, des profusions de stylos, porte-clés, magnets en vrac dans des boîtes de plexiglas, des canifs, des puzzles des monuments de Paris. Elle fait tourner les présentoirs de cartes postales, de plans de villes, de guides touristiques et de clichés de Doisneau et Claire la suit de rayon en rayon, incapable d'une telle force, s'intéresser à autre chose qu'à soi, sauf à la regarder elle, l'enfant, si appliquée à jouir de toute possibilité d'amusement, accroupie entre les polos à transferts, les crayons géants marqués de vues rectangulaires de Paris aux contours flous, ouvrant et refermant des miroirs de poche bleu-blanc-rouge sans un regard pour sa mère qui l'observe, à distance, dans son mini-décor princier de parfums, de serviettes de plage, de bougies, masse de souvenirs indolores, prêts à emporter, sans histoire, sans mémoire. Kay tend la main vers des peluches en tour Eiffel, des nounours Père Noël, s'assoit en tailleur sur la moquette rase et joue, en silence. Claire fixe des médailles dorées, les fac-similés vert et bleu de plaques des rues de Paris, les boules pleines de neige et de paillettes cristallines, puis le sol, puis ses pieds, puis ses mains. Dans les doigts de Kay la tour Eiffel et le Père Noël s'embrassent sur la bouche. Alors les vrais souvenirs d'une vraie histoire affluent par-dessus les ersatz de la boutique, quand visiter Paris c'était faire le tour d'Alex et pour Alex le tour de Claire, ils ont renouvelé ensemble les découvertes de l'enfance, bateau-mouche, Tuileries, musée d'Orsay. En haut de la tour Eiffel il pleut, Alex et Claire montent à pied jusqu'au deuxième étage et c'est elle qu'il regarde dans son ciré kaki par le télescope, comptant les grains de beauté mouillés sur son visage. Il y a un an, dans la rue Saint-André-des-Arts, une crêperie pleine de touristes japonais, elle mange une galette, ils boivent du cidre, ils sont peut-être allés au cinéma avant; ils arrivent encore à rire et elle espère qu'il ne gâchera pas la soirée en essayant de lui faire l'amour — elle se rappelle avoir eu cette pensée en le regardant plier pour elle, puis piquer, du bout de sa fourchette, un morceau de crêpe au sucre. Maintenant, Claire s'assoit par terre, entre les sacs en tissu *France* et les livres de cuisine provençale, elle balaie du regard le rayon saturé d'objets, elle mesure l'étendue de sa peine, des ruines à venir, elle enfonce ses joues dans l'éponge d'une serviette pour bébé et la mord pour ne pas crier.

Plus loin Kay, invisible à sa mère, tripote des

poupées, des gants pour le four, des boîtes de bonbons aux reflets moirés, gratte les étiquettes des baromètres, et Claire perçoit seulement ses murmures indistincts, quelques mots prononcés plus forts dans un chuchotement forcé, *Je vais te coiffer petit ours !*, comme Kay le fait dans le bain, dans la voiture sur son rehausseur, *Le prince arrive et fait la révérence*, et comme la semaine dernière, dans un coin du salon, le matin où Alex a bouclé ses bagages, a pris la voiture sans se raser, sans déjeuner, sans au revoir, quittant la maison de la belle-famille dans le sud de la France, quittant sa femme, quitté par elle, *Alors toi, le bonhomme rouge, tu es le pompier, il faut sauver les enfants dans l'incendie, là-bas*, et la dernière image d'Alex est son corps maigre, un peu voûté, devant les lauriers-roses en fleur plantés le jour de leur mariage ; *un câlin s'il te plaît.* Elle voudrait que ça dure. Être seule. Appuie sa tête aux coussins en polaire « I love Paris ». Caresse le coton d'un T-shirt. Quand elle pense à demain, à ce soir, à dans une heure, à la minute prochaine, elle voit du blanc. Des kilomètres. Le seul horizon envisageable, à cet instant, est sa fille de cinq ans.
Elle est au bord, maintenant. Au bord du deuil. Et bientôt Kay aura faim, voudra faire pipi, boutonner son gilet. Être seule. Être d'accord pour avoir mal. En ressentir la densité nue. Ne pas boire tout de suite, ne pas fumer, ne pas avaler de somnifère, pas même un morceau de sucre ; n'appeler personne. Ne se laisser distraire ni apai-

ser par rien. S'asseoir sur le sol dur, sentir les os frotter la peau, l'irriter. Renoncer au lit où enfouir son visage, à toute matière molle, souple, enveloppante, substitut de corps, d'amour, texture consolante. Ne pas baisser les stores. Le soleil cru, les murs blancs, les prendre, tout traverser. Ne pas atténuer la gravité des faits, leur brutalité, leurs conséquences, accepter le dos endolori, les muscles qui tirent sur les cuisses, la tête lourde et la migraine, lancinante, les larmes aux pointes d'aiguilles sous les paupières, l'envie de vomir à force de contracter la gorge, la tentation, par moments, de mourir. Franchir chaque strate du chagrin en conscience, sans protection. S'abandonner à la sensation pure, vivante, de la brûlure, en finir. Mais Kay, à tout instant, qui peut surgir et avoir soif, le dos qui gratte, l'horizon de Kay c'est Claire, il n'y a rien d'autre aujourd'hui que ça, la demande d'un baiser, et Claire embrassera, d'un goûter, et Claire nourrira, de la suite du programme, et Claire inventera, enfermant la douleur dans une petite boule compacte, dévastatrice dans ses viscères. Claire en suspens au sommet de la Grande Arche. Des heures vaines à retarder le séisme. Claire sait que Kay, sa présence, ne la sauve de rien. Combien de disputes avec Alex ravalées au moment du dîner à cause de Kay, reportées, mais jamais annulées, grossies par le devoir de silence, l'impossibilité de se déverser tout de suite, découper en petits morceaux le rôti de veau, écraser les courgettes, trancher la pêche, maman du sel, maman du pain, et après le Danemark le besoin de solitude comme jamais avant, et son assouvissement retardé par la nécessité du bain, du démêlage des cheveux, les jeux de Memory, ou de dominos, ou de bataille, ou bien les coloriages, différé, constamment, jamais compensé par l'énorme attention exigée par Kay, par l'amour de Claire pour Kay et de Kay pour Claire, la lutte contre soi, pour être là, dans l'instant, à quatre pattes sur le parquet, en train d'assembler les morceaux d'un puzzle ou d'habiller des poupées plutôt que de glisser un dessin animé dans le lecteur DVD, ce serait si simple, fermer la porte de la chambre et être à soi, seulement, dans le chagrin, dans le manque : le mâcher l'avaler le digérer; mais sourire, s'attacher à la chaussure minuscule qui ne veut pas glisser sur le pied de la poupée, ou à la perle bleue qui vient de rouler à terre et qu'il faut enfiler, délicatement, avant de nouer le fil du bracelet autour du poignet de Kay, ou coller une gommette, sans dépasser, sur la forme grisée prévue à cet effet, ou lire, mot après mot, l'histoire de Baba Yaga sans s'échapper du livre, sans profiter de la torpeur de l'enfant blottie contre soi, envahissante, l'odeur de fleur d'oranger dans ses cheveux, à hauteur du nez, sans se laisser dévier à cause de l'habitude, des phrases tellement répétées, sues par cœur, ne réclamant plus la concentration des premières fois, et même Kay pourrait corriger les

erreurs, les mots oubliés, les expressions transformées par la distraction maternelle, être là, jusqu'à ce que ce ne soit plus possible, jusqu'au besoin de violence, alors terminer l'histoire, les veines bourrées de nitroglycérine, accélérer malgré les protestations de Kay, tourner les pages trop vite, *faut que je fasse réchauffer le dîner*, finir par choisir un DVD, *mais si, c'est très bien celui-là, Ok ne hurle pas, lequel ? je ne sais pas où il est Kirikou, tiens, Mary Poppins, ça ira*, le glisser de force dans le lecteur, fermer la porte de sa chambre le plus doucement possible, et là, les poings serrés à bloc, tambouriner sur le sommier, une déflagration dans l'abdomen ; puis entendre la clé tourner dans la serrure, et Alex, affamé, rentrer à son tour.
Claire regarde par la baie vitrée, au-delà des peluches, le ciel foncé par le revêtement anti-UV.

— Maman, tu as vu ?

Kay tend à sa mère une chaîne argentée greffée de minuscules pendentifs en forme de tour Eiffel.

— C'est beau, hein ?

— Oui, c'est joli.

— Tu es fatiguée ?

— Un peu.

— On va rentrer alors ?

— Pas tout de suite. Tiens, va payer ton bracelet. Je t'attends ici.

À cette heure, à l'appartement, un rayon de

soleil traverse une vitre latérale du bow-window, une lumière tendre, en diagonale sur le plancher, qui franchit les portes du salon et se prolonge dans le couloir, pénètre la chambre de Kay, coupe à l'oblique le tapis vert pomme et, perçant la fenêtre, projette contre le mur de l'immeuble d'en face une tache blanche, vibrante, comme un reflet de miroir. Ils ont visité l'appartement à la même heure, un été, elle son ventre énorme, le soleil franchissait les pièces et frappait le mur de l'autre côté de la cour, à cause d'une fenêtre ouverte l'éclat rebondissait sur un cadre-photo, sur l'écran d'ordinateur. Claire passait ses mains à travers les cylindres de poussière jaune ; elle voulait vivre là. Juste avant le départ en vacances pour le sud, il y a trois semaines, une amie de Londres est passée voir Claire et son appartement, elles ne s'étaient pas vues depuis le mariage, six ans auparavant. Joanna s'est assise sur le bord du canapé sans enlever sa veste mouillée par l'averse, les mains entre ses genoux serrés ; elle a regardé autour d'elle, hochant lentement la tête, s'arrêtant pour détailler un tableau, celui de l'oiseau vert confondu avec le sable d'une plage d'Espagne, la femme aux bras, aux pieds de chaise qui se transforme en meuble, et celui-ci surtout, qui ressemble à un Chagall, le « Violoncoq », à la robe de mariée, aux éclats de lumières rouge, blanc, bleu ciel ; une boiserie, une plante, le plancher vitrifié aux reflets de miel, les niches de livres de part et d'autre de la cheminée, le vase chinois.

— Dis donc, c'est du taf….

— Quoi ?

Joanna a tendu le menton vers l'espace du salon, d'évidence elle songeait au deux pièces co-loué avec Claire des années auparavant, ses meubles dépareillés, la moquette vert et bleu marine usée jusqu'au caoutchouc, les murs au papier peint marron et la chasse qui gouttait jour et nuit : *ça*. Alors Claire s'est assise près d'elle sur le canapé, a posé comme elle son regard sur chaque objet, l'un après l'autre, chaque pan de mur. Les moulures blanches, l'anneau de suspension de lustre au centre du plafond. Le marbre de la cheminée en forme de pattes de lion, la mosaïque bleu pâle du manteau. Les lattes du parquet. Pas de poussière sur les étagères. Sur la laque noire du piano. Pas de miettes, de moutons violets roulés en boule aux coins de la pièce. Pas de marques de doigts sur les vitres ni sur l'écran de télévision. Ils ont une femme de ménage, trois heures par semaine, ils peuvent recevoir à l'improviste. Dans un vase transparent, des fleurs encore fraîches, des ampoules vissées à chaque lampe et une guirlande de lumières roses fixée le long des plinthes. Et cela, qui subitement fait monter les larmes : les rideaux, verts, assortis aux coussins. Le jeté de canapé mauve et les abat-jour, mauves aussi. Un fauteuil mauve et violet, un pouf violet et vert, et dans les placards, cachés à la vue, les sets de table, les ronds de serviettes, les assiettes dans les mêmes nuances, à la cuisine des bougies pomme et framboise, des tasses à café accordées aux coussins et aux rideaux, comme le cendrier dont ne se servent que les gens de passage, comme la salière et la poivrière bicolores ; *c'est du taf*, et Claire a dit oui, se rappelant ses jeux de doigts dans la lumière, le premier jour, et comme ça lui avait suffi. Les rideaux assortis aux coussins. Elle aurait dit ça en premier, avec une tendresse atroce, si on lui avait demandé ce qui n'allait pas entre elle et Alex : les rideaux assortis aux coussins. Et là, assise sur la moquette du marchand de souvenirs, tandis que dans l'appartement le rayon franchit à nouveau des vitres et des portes et qu'elle attend le retour de Kay partie payer son bracelet en toc, elle pense qu'elle dirait la même chose, que ça n'était plus possible, les rideaux assortis aux coussins.

Kay remue son poignet, les pendentifs en métal creux cliquettent, la petite fille sourit.

— Ça te plaît mon cœur ?

— Oui. On va où ?

— Sur le toit !

Kay court. Tient ouverte la porte à Claire, tend la main pour être hissée en haut des marches. Claire soulève Kay à hauteur du parapet. Petits rectangles rouges, blancs, jaunes sur ruban noir. Kay rit, le vent étire ses yeux en amandes, ébouriffe ses cheveux tandis que la casquette envolée s'éloigne vers Paris. Claire dit qu'on s'en fiche. Kay l'embrasse, parce que sa mère est comme ça, pas attachée aux choses, des serviettes dans une poubelle, une valise abandonnée sur l'esplanade en bas, une casquette disparue, elle ne se fâche jamais d'un pull perdu, d'un bonnet oublié, d'un accroc au manteau, même maintenant, surtout maintenant, alors Kay l'aime à l'étouffer. La casquette rétrécit, virevolte, Kay tend son doigt vers le point rose contre le ciel, par-dessus les monuments, les routes, les flots de voitures plus petites que des canettes en aluminium, Claire a soudain envie de vomir; c'est ce qu'elle va faire, pense-t-elle, ce 4 février, face à l'assiette fumante de cochon de lait et d'oignons confits dans l'huile.

— Tu ne manges pas?

La bonne sert les légumes, Henriette oppose sa main, baisse les yeux, fixe la viande rose sur la porcelaine blanche, les filets de sang sous les airelles écrasées, et les pelures translucides dans la graisse. La fourchette en argent. Le couteau aiguisé. Elle joue avec le manche, la forme de son visage s'y reflète vaguement, puis disparaît sous l'éclat jaune du plafonnier. Elle essaie de parler. Ce qui monte est d'abord une nausée acide.

— Qu'est-ce que tu leur as fait pour qu'ils se déchaînent ainsi contre toi?

Elle le dit d'un coup, dans un souffle; elle pense : *quel mal as-tu commis, quelle faute, explique-moi leur rage, leur application à te détruire, tu souffres sans colère, ça me ronge, me dissout, tu ne brises pas la vaisselle, les miroirs, tu ne renverses pas les plats brûlants là sur la table baignant dans l'épaisseur de la sauce au poivre et ça me soulagerait, si tu savais, que tu jettes à terre quelque chose qui explose, qui salisse, que tu cognes le mur à faire craquer tes articulations, que tu hurles, sur moi si tu veux, saccages les étagères, l'armoire, les vitrines* XVIIIe *avec les bibelots de verre, de terre cuite et de cristal tellement fragiles, ils feraient un bruit clair, lumineux en éclatant au sol, éparpilleraient des milliers de pointes minuscules et coupantes scintillantes comme des paillettes, il y a de quoi commencer la guerre dans cet appartement, des dizaines de vases, des carafes, des bassines, des bouteilles de lait, de vin, de liqueurs, des tasses, des pots de fleurs, des cadres, des flacons de parfum, des boîtes à poudres et à bijoux, des horloges, des cendriers, mais les nappes, les rideaux sont intacts, tu restes assis sur ta chaise et tu remplis ton estomac, comment fais-tu ? À défaut de mater ces chiens tu pourrais pulvériser la pièce ou bien me prendre, regarde-moi, jouir, triompher de quelque chose, les terrasser, eux, complètement, à travers moi. Me briser. Les briser.*

— La politique, Henriette, rien d'autre.

Tu mords la viande, la mâches lentement. Tu te sers un verre de vin rouge plus sombre que les airelles. Tu le portes à ton nez, tu bois. J'ai bien vu, certains jours, qu'à peine la porte franchie tu tombes dans le fauteuil avant de t'y asseoir, tu t'effondres, tu n'enlèves pas ton manteau, il sèche sur toi de la pluie du dehors, tu allumes un cigare et il se consume, lentement, tandis que la laine fume, que d'un regard figé tu essaies de percer la couche de buée qui masque la vitre, et au-delà, la ville allumée, et au-delà, je ne sais pas.

— Vraiment, Henriette, tu n'as pas faim ?

Marcel Proust. Tout le monde a entendu parler de l'écrivain, il a dédié *Du côté de chez Swann*, qu'Henriette n'a pas lu, à Gaston Calmette, directeur du *Figaro*; un homme à qui on dédie pareil livre n'a pas pu, ne peut pas être totalement abject; elle voudrait comprendre comment cet homme en est arrivé là, à ce point de la haine contre son mari ; quoi d'autre, à part une femme.

— Tu es heureux ?

Elle voudrait dire : *regarde, cette vie, tu peux encore ? Je roule mes bas dans l'armoire, tout y est rangé, soigneusement, comme dans les tiroirs d'une morte, tu trouveras les sachets de lavande dispersés dans les linges et peut-être portent-ils des plis, les linges, à force, des cassures au niveau des seins et de l'aine, tu veux ça, des soies nervurées comme des peaux de vieille à force d'immobilité ? Tu désertes le seul lieu d'amour qu'il te reste ; ou bien il en existe un autre. J'ai mis de l'antimite dans mes dessous, ils puent, reste bien assis sur ta chaise et je redeviendrai pierre, comme avant toi.*

— Non, Henriette.

Elle laisse l'assiette refroidir. Regarde les doigts de Joseph posés sur la poire, qui épluchent lentement la peau jaune d'or, elle s'enroule en spirale autour de la lame, d'un seul tenant, et Henriette voudrait être la chair blanche qui jute sous

ses phalanges, un fruit, qu'il coupe en gros morceaux et avale en gorgées.
Dis quelque chose. Dis que tu m'aimes, rassure-moi, que tu as vu l'épingle nacrée dans mon chignon, le rose à mes joues, l'entrelacs de dentelles noires sur ma gorge ; que tu as vu ma tête, ça crève les yeux que j'ai deux fois mon âge, les rides, les cernes, je suis marquée comme une tranche d'arbre : on peut compter les siècles qui me pèsent et où tu ne veux plus de moi.

— Combien de temps est-ce que ça va durer…

— Je ne sais pas.

Elle parle d'eux ; il ouvre les mains dans un geste d'ignorance, il pense à la campagne du *Figaro*, il ne sait pas jusqu'où, jusqu'à quand. Les jours suivants, seul le menu change, et les vêtements d'Henriette : cailles aux raisins sur robe pourpre, tournedos sur robe de satin vert, saumon à l'oseille sur mousseline noire, et dans l'assiette en porcelaine d'Henriette les viandes refroidissent, intactes, à l'étage les soieries se rigidifient dans les tiroirs, partout les miroirs, les bibelots, les vases, les plats, les livres restent à leur place, marquant d'une trace foncée la poussière des meubles et d'une forme claire le blanc cassé des murs, tandis qu'Henriette, penchée sur la cuvette, rend ses maigres déjeuners.

Elle brode, parfois. Elle s'assoit au salon. Le jour, le verre flou, irrégulier des fenêtres laisse entrevoir la rue, les branches des arbres à travers un voile d'alcool. L'aiguille en suspens, elle suit des yeux les taches en mouvement, leurs palpita-

tions, des choses se passent à l'extérieur qu'on ne peut pas deviner à moins d'ouvrir la fenêtre, de vouloir voir vraiment, ce qu'elle ne fait pas, à l'abri d'un rêve, des murs, du tremblement des vitres, de tous les possibles, elle brode des modèles imposés au point de croix, déjà pensés, comptés, dirigés, elle suit les étapes pas à pas, délivrée du devoir d'invention, et chaque sortie au-dehors, maintenant, lui coûte davantage.
Ce n'est pas à cause d'eux, à cause des gens, ce qu'ils disent d'elle, de Joseph après avoir lu chaque jour le journal qu'elle ne peut plus sortir ; pas à cause des insultes au cinéma, des chuchotements dans les dîners, des voix anonymes qui crient sur son passage qu'elle est femme de voleur, de menteur, qui glissent sur elle, tristement, sans l'imprégner. C'est son visage qui ne peut plus sortir. Il commence à ressembler à celui de Berthe, la femme abandonnée pour elle par Joseph, devenu laid, gris, froncé, un visage qu'on pourrait défaire, pli à pli, et dans les entailles de la peau on trouverait une chair flasque et moisie, intouchée depuis des années. Ce qu'il subsiste de cette femme, Henriette, fière d'avoir jeté son trousseau, effleurant sans crainte l'alliance à son doigt à la sortie de la mairie, pénétrée dans la nuit comme une maîtresse par son mari, c'est un visage aux premiers signes d'usure, de découragement, des lèvres tombantes, des yeux aux paupières arquées, qu'elle observe

dans la glace et qui lui semble flétri comme un vieux sexe, l'image qu'elle s'en fait.

Toutes les choses pas cassées autour d'elle figent le décor de l'agonie. Le vase bleu plein de fleurs blanches un peu fanées, rapporté du Danemark il y a trois ans, il gelait dans les rues de Copenhague, les sabots du cheval tintaient sur la glace ; ils revenaient du château d'Helsingør, Joseph avait fait arrêter la voiture, elle se souvient être descendue, avoir serré la tête du cheval, les naseaux tièdes avaient soufflé dans son cou, c'était bon, et l'haleine de Joseph, *viens, Henriette.* Dans la boutique des lumières vacillantes, ampoules tremblotantes, bougies allumées, une odeur de bois fraîchement coupé. Joseph avait touché les jouets, les boîtes, les meubles en pin clair, elle se rappelle ses doigts gantés de beige sur les nervures foncées, suivant les ondulations douces, et puis la blancheur de ses doigts nus sur le vernis des plats, des vases bleu marine, se refermant brusquement sur le cou de l'un d'entre eux, allongé, mince, demandant : « Il te plaît ? » L'achetant. La collection d'oiseaux de verre, les figurines peintes, les soldats miniatures, tous offerts lors du même voyage.

Ils saturent le salon, les objets rapportés d'autres pays, d'autres villes ; Henriette brode des figures mièvres, fleurs en guirlandes, scènes de chasse, et l'aiguille accroche chaque morceau de la vie d'avant, les tisse entre eux, ils forment un bloc compact de ce côté de la fenêtre, alors que la rue se meut derrière le carreau, indistincte.

Ça y est, elle s'arrête, la vie. Maintenant le présent va s'étirer, infiniment, boucher l'horizon. Il y a eu le présent des baisers mouillés, qu'on aurait voulu prolonger en boucle, excluant toute autre temporalité que celle des lèvres collées, des langues liées, des caresses étendues, pas de borne au présent, son invasion totale en dessous au-dessus d'eux comme une terre, un ciel, jusqu'à former une coquille fermée, hermétique. C'est fini. Le présent est une mort lente, irréversible de l'amour, il suffit d'attendre, il se répand en flaque sale à leurs pieds, il s'évapore, bientôt il faudra apprendre à vivre autrement, l'espérance à sec, ce sera pareil jusqu'à la fin du corps, et cette éternité a le goût du lait rance, et sa puanteur. Henriette se dit qu'à force de vomir son corps va sortir retroussé, retourné, par sa bouche.

Elle presse la première phalange de son majeur. Dodue, rose, tendre. Enfonce l'aiguille à l'intérieur jusqu'à ce que le sang perle. Pose l'aiguille. Se lève sans sucer son doigt. D'abord, elle brise un vase. Le laisse tomber à ses pieds. Puis les verres à vin, un à un. Puis une boîte d'ambre rapportée du Maroc, et les éclats orange s'éparpillent en feu d'artifice sur le parquet. Le plat en porcelaine plein de raisin rouge, aux grains mollement perforés par les morceaux pointus de céramique qui se couvrent de pourpre. Le vase du Danemark avec ses fleurs fanées dont l'eau gicle en déportant les tiges dans toutes les directions. L'horloge Louis XVI se fend en une dizaine de pièces dorées expulsées sous les fauteuils, la commode, le buffet, en miroirs, ressorts, petites vis, engrenages à dents miniatures et autres pièces à l'éclat argenté. Le biscuit à peau lisse comme une dragée chute de la console sur une simple pression du doigt, s'effrite en brisures acérées, jubilatoires, en poudre fine comme du talc, libérant des poignées de caramels, de berlingots, de pastilles à la menthe. La lampe, son abat-jour Art nouveau en forme de cloche jaune et vert, l'ampoule blanche, fracassés au pied du guéridon, et le craquement des tessons les plus gros sous les talons d'Henriette, comme des bonbons croqués ou la fracture d'un os. Henriette sait que quelqu'un va venir, avoir peur et tenter de l'arrêter. Ce qui serait bon maintenant : prendre une paire de ciseaux ou une lame affûtée et crever le tissu moiré des canapés, en faire jaillir la paille, faire sauter l'un après l'autre les clous de métal enfoncés dans les accoudoirs, éventrer les coussins et souffler sur les plumes légères, découper la tapisserie tendue sur les chaises, tirer sur les fils du tapis d'Orient qui traverse la pièce, franger les rideaux tout du long, zip ; ce serait bon que ce lieu ressemble à Henriette, à quelqu'un, une pièce vivante et lacérée, marquée comme l'est toute peau, toute écorce,

et Henriette immobile face au miroir surplombant la cheminée sait qu'elle n'en fera rien, que c'est au tour de Joseph de vouloir, elle a en tête toutes les images de carnages possibles mais laisse les rideaux intacts.
Quelqu'un arrive. Elle entend les pas. S'assoit. Se remet à coudre, tranquillement. La bonne s'arrête sur le seuil. Son regard va du sol ravagé au visage apaisé d'Henriette qui pique son motif de fleurs.

— Un souci, madame… ?

— Rien de grave, vous pouvez balayer.

Le salon dépouillé a un air d'hôpital, un aspect hygiénique qui donne envie de fermer les fenêtres et de nouer un foulard autour de son cou, de boire un liquide chaud, de préférence un peu épais, du lait sucré par exemple, ou simplement, de quitter la pièce. C'est pourquoi Henriette y reste tandis que la bonne passe lentement le balai, silencieuse, n'osant pas lever les yeux ni s'éclaircir la gorge. On y voit mal à cause du ciel voilé et des ampoules manquantes, et quand la bonne a poussé dans la pelle les derniers bris d'objets, quand elle a franchi le seuil sur la pointe des pieds, Henriette pose la broderie et contemple le beau vide autour d'elle. Le jour décline. Elle attend. Jusqu'ici Joseph ne l'a pas vue elle, son malheur, peut-être ouvrira-t-il grand les yeux devant la nudité des murs, cet autoportrait d'Henriette — et encore, elle n'a pas tout brisé, pensant, pour le contraste, à épargner un vase rouge sang sur la cheminée, et sur une étagère, une figurine en porcelaine.

Henriette ! crie la voix. Elle sent les mains apposées de part et d'autre de sa tête, qui s'enfoncent par à-coups dans le matelas et l'oreiller qui tremble, sa tête qui tressaute, elle n'est pas dans un rêve, avant que la voix surgisse, aussi la voix ne se superpose-t-elle à aucune image, aucune scène pouvant faire transition entre sommeil et éveil : la voix est une pointe incandescente à proximité du tympan, *Qu'est-ce qu'il t'a pris ? Qu'est-ce qu'il t'a pris !*

Elle ouvre les yeux. Il est horrible à voir. Ses yeux écarquillés, ses sourcils obliques. Ses maxillaires serrés font saillir ses mâchoires.

— Qu'est-ce qu'il s'est passé en bas ?

Henriette tâtonne vers le chevet, attrape sa montre.

— Deux heures…

Il insiste, elle se redresse, dit qu'il fallait le faire, tendant la main, caressant son front, très doucement.

— Faire quoi ?

— Te mettre en colère, Joseph, et elle embrasse le duvet de ses pommettes.

— Et ça change quoi ? Hein ?

— Ça change que tu viens me voir au milieu de la nuit.

Elle multiplie les baisers, sur ses paupières, ses tempes, son menton, le bout de ses doigts, *arrête,*

Henriette…, le dos de ses mains, la chair de ses poignets.

— Tu te rappelles le Danemark, Joseph ? Avant Skagen, la plaine d'herbe gelée, cassante comme des tiges en sucre, le plomb de l'eau, du ciel toujours au bord de l'averse ?

Les paumes, le coin des lèvres, les paupières encore.

— Comme on avait froid, le soir, en rentrant à l'hôtel, à cause du vent et des couleurs métal qui toute la journée nous étaient entrés dans les yeux et dans le corps. Le feu, après, dans la cheminée, les mains rougies cuisaient par-dessus les flammes, ta main dans le feu, une seconde, pour jurer que tu m'aimes. Et le Maroc ? Pour chaque jour d'absence une boîte d'ambre, j'en avais eu dix-neuf, tu te souviens comment tu les as distribuées ?

Elle tire à elle le cou de Joseph, le mord tendrement. Murmure :

— Une jouissance, une boîte.

Elle touche la boucle de ceinture, tire sur la lanière, applique sa main sur l'amas de chair molle. Il contracte les cuisses.

— Reste avec moi cette nuit.

Elle lèche son oreille, ses incisives mordillent le lobe. Il se détache, elle le retient, se presse plus fort contre son bas-ventre.

— On devrait partir en voyage…

Il repousse sa main, se lève.

— Repose-toi, Henriette. Tu es fatiguée. Et moi aussi, je suis fatigué.
Assise dans son lit, Henriette le laisse s'éloigner vers le couloir, le rectangle de lumière, disparaître. C'est un autre qui s'en va, plus éteint que Léo, plus cruel : il reprend la beauté, la joie inconnues avant lui, leur éclat au-dessus de la masse des mortels, des plus tristes d'entre eux, les bourgeois, alors Henriette a froid, tandis que le rectangle lumineux devient rayon, point jaune, s'efface. Il ferme la porte, sans bruit, comme on le fait dans les chambres d'enfants, *c'est fini*, de petites filles qu'on est venu calmer et qui ne veulent pas dormir, résistent au sommeil, *repose-toi, petite chérie, fabrique-toi de belles pensées.* Devant Henriette s'ouvre un abîme mais elle saura bientôt quoi faire ; *pelotonne-toi sous les couvertures, maintenant, et applique-toi à respirer*

— profondément. Si tu recommences plusieurs fois ta tête va tourner un peu, c'est agréable.
Elles aspirent les bourrasques, l'oxygène leur monte au cerveau en petites bulles, un léger vertige qui, quand Claire ouvre les yeux, éloigne et rapproche le sol, l'incline, assez pour qu'elle agrippe la rambarde.
À côté, une petite fille regarde à travers des jumelles. Elle sautille, pointe le doigt sur des détails inaccessibles tout en bas, tend les jumelles à l'homme qui la retient par la taille ; il les colle devant ses yeux et se met à rire, mais rien ne sort de leurs bouches à cause du vent qui déporte leurs voix. Les jumelles vont de la fille à l'homme, puis de l'homme à une femme qui vient vers eux, un bébé dans les bras. Elle tient les jumelles d'une main, secoue la tête, les présente au bébé qui avance la bouche, bave sur le plastique noir, puis les rend à l'enfant impatiente. Elle essuie la salive d'un revers de manche et reprend son observation, ses commentaires, ses doigts pointés, les

jumelles passent de mains en mains, des images qui n'appartiennent qu'à eux, qu'ils se transmettent bras tendus, leurs doigts se touchent, ils tracent des parallèles, des obliques tendres, et leurs regards croisés tissent de l'un à l'autre des fils transparents.

— Qu'est-ce qu'ils regardent ?

— Aucune idée.

Kay a couché sa tête sur la dalle fraîche du parapet, elle les fixe.

— Ils parlent quelle langue ?

— Allemand.

— Comment tu le sais ?

— J'ai appris à l'école.

Claire regarde sa montre.

— Tu peux lui demander qu'elle me prête ses jumelles ?

— Je ne sais pas dire jumelles.

Kay insiste. Claire dit non. Kay crie qu'elle veut rentrer à la maison. Claire souffle, dézippe son sac, fouille à l'intérieur. Elle sort le portefeuille, l'étui à lunettes, le parapluie aux baleines cassées, ses cheveux glissent sur ses épaules, elle les renvoie en arrière d'un mouvement brusque ; d'un livre s'échappent des tickets de banque froissés qui s'éparpillent, qu'elle tente de rattraper.

— Aide-moi, Kay, bon sang !

Ils se soulèvent, virevoltent, Kay leur court après mais ne les attrape pas, exprès, comme elle épargne les ailes des papillons dont elle s'approche seulement pour saisir l'imparfaite symétrie des couleurs, des taches, et l'éclat du fard pailleté. Maintenant elle suit le tourbillon des rectangles en papier, et les laisse s'envoler au-delà du parapet.

— Et merde !

Leur ballet au-dessus du vide, l'impossibilité de chute, une suspension mouvante, milliers de points luminescents en apesanteur. Et aussitôt les cheveux de Claire, la main qui les chasse.

— Tu vas prendre les bonbons, lui en offrir…

Elle arrache l'élastique de son poignet, le noue sur sa nuque.

— … et elle te prêtera les jumelles… ils sont où, ces foutus bonbons !

— Tu les as jetés.

Kay regarde sa mère se diriger vers la famille, le contenu de son sac dans ses mains, sous ses bras, faire intrusion dans le cercle, briser les fils. Elle dit des choses que Kay n'entend pas, tentant d'enfoncer dans le sac ouvert tout ce qu'elle tient et qui dégringole, fait des gestes de noyée, les baleines nues du parapluie hérissées en l'air, désignant sa fille qui, le dos tourné, tente de disparaître, lâchant finalement le parapluie qui s'ouvre d'un coup et file au bas des escaliers ; elle forme de l'index et du pouce des cercles autour de ses yeux, les approche, les éloigne. Ses cheveux emprisonnent le soleil, ils flottent, par-dessus l'amas sombre qui se forme dans le ciel, devient compact, un or presque blanc contre le

gris foncé de l'orage en formation, et Kay fixe cette incandescence, les gesticulations démentes, et aussi, la main de l'Allemande qui doucement ramène la tête du bébé contre sa poitrine, semble vouloir le protéger de quelque chose, pas des rafales, pas de la lumière étincelante mais, léger retrait de son corps maintenant, des cris silencieux de Claire, de ses cheveux en feu, de sa beauté effrayante.
Claire fait signe à Kay de la rejoindre.

— Elle s'appelle Eva. Tu peux lui dire merci.

Kay sait que sa mère a obtenu les jumelles par la terreur. Elle passe les jumelles autour du cou de sa fille, la soulève. Kay appuie ses coudes au béton.

— Vise le ciel.

Les plis des nuages sont bordés de noir, nets. Elle voudrait y plonger la main comme dans une poche et la ressortir mouillée. Ça bouge très lentement. S'agrège. En réglant le zoom au maximum la texture des nuages devient granuleuse, Kay dit qu'elle voit les gouttes de pluie. Voilà, l'une après l'autre, les façades des tours s'éteignent. Les reflets pâlissent. Les ombres se rétractent, s'effacent, et la peau de Kay devient mate. Claire resserre sa veste.

— Maintenant, rends les jumelles.

Une grosse goutte dans la nuque de Kay.

— Il va pleuvoir, viens.

Il pleut. Kay tourne vers sa mère la paire de jumelles et fixe son visage.

— Arrête.

— Qu'est-ce qu'il y a à l'intérieur des yeux ?

— Kay, rends ces jumelles, on va être trempées !

Claire arrache les jumelles des mains de sa fille, les tend à l'Allemand. Tous dévalent l'escalier luisant, une main en visière, et la porte battante se referme derrière eux.

— Que des larmes, dans tes yeux.

À l'intérieur du musée de l'Informatique, le courant saute par intermittence. Derrière les baies vitrées drapées de noir, les éclairs. Leur blancheur explose à l'intérieur par les interstices entre les rideaux, flashent les allées de quadrilatères, de socles en plastique surmontés d'écrans, de claviers d'ordinateurs éteints, de cartes de programmation expulsant des écheveaux de fils jaunes, rouges, bleus, de cartes mémoire aux perpendiculaires cuivrées, bordées de petits blocs évoquant les maisons, les hôtels de Monopoly, maquettes urbaines miniatures, villes schématiques, fantômes. Des figures d'enfants s'allument et s'éteignent, hurlant de terreur, de rire. Leurs grimaces se figent, leurs silhouettes fuient, absorbées recrachées par les formes anguleuses, elles se faufilent dans ce crépuscule de cinq heures, peut-être six maintenant, projettent des ombres sur les murs, au plafond, au sol, rétractées, dilatées selon leur distance à la source de lumière, impossibles à relier à des corps, elles épousent

les surfaces, gondolent, s'étirent, se compressent. Assis face à face sur des bancs séparés par un lino gris, Claire et les Allemands grignotent des gaufrettes à la vanille tirées de leur sac à dos, qu'elle laisse fondre contre son palais, bouillie de papier hostie écœurante et douce. On entend : les chocs de pieds nus sur le lino, ceux des enfants libérés des sandales humides, leur course entre les appareils morts ; le grésillement des néons, qui ne parviennent pas à se rallumer complètement, crépite dans leurs cheveux ; et, à intervalles réguliers, la voix électronique d'une console Sega dont seule une aura rose virant au violine signale l'existence, quelque part au-dessus du labyrinthe : « *To save the universe, navigate the streams of time to the year 2552. Just remember, partner : winners don't use drugs.* »
Ils ont une bouteille de Coca et Kay, à nouveau visible, essoufflée, boit à même le goulot. Claire se lève, secoue ses cheveux mouillés, s'approche d'une baie, écarte le rideau. Rien que les marches grises, le parapet et un morceau de ciel violet. Elle sort son téléphone portable, le petit écran s'allume, son fond de mer turquoise. Elle écrit : « orage, pluie, ça pète de partout sous le toit dc la Grande Arche », elle fait défiler la liste du répertoire, plusieurs fois. Elle entre le numéro de son frère. Annule l'envoi. Retourne au répertoire. Abandonne. Elle s'allonge sur le banc. Ce qu'elle aurait fait, avant : s'asseoir près des Allemands, essayer son mauvais anglais, exactement le genre

de couple qu'elle aime rencontrer en camping ou dans un autobus, le T-shirt chiffonné, parlant un peu fort, bras et jambes nus même au-dessous de quinze degrés, une force de la nature qui rappelle l'eau des torrents et vous invite à manger du fromage et à boire une bière pendant que les enfants se roulent dans l'herbe sans qu'on se soucie d'eux et qu'Alex évitait, non par goût de la solitude mais par haine de perdre son temps : on ne les reverrait jamais. Les Allemands auraient raconté leur itinéraire, elle aurait noté pour eux le nom des restaurants pas chers et des musées gratuits de Paris. Elle aurait demandé d'où ils viennent, dit qu'elle aime Berlin et aussi Essen, l'ancienne usine Zollverein transformée en galerie design, et Düsseldorf, les maisons d'architectes penchées au bord du grand bassin, et Ingolstadt, les échanges scolaires avec le Scheiner Gymnasium, tout cela n'aurait eu aucune conséquence, ou bien juste une adresse griffonnée sur un morceau de papier perdu le lendemain, ou la semaine suivante. Ou peut-être pas. Mais ça lui aurait fait plaisir.

Assis à califourchon, le couple joue aux cartes. Jamais ils n'auraient fait ça, Alex et elle, jouer aux cartes pendant que Kay s'amuse seule. Ils auraient lu, sûrement, un roman, le journal, le guide touristique, ils auraient investi dans un temps *utile*, tellement la mort était partout. Elle les regarde, tous les deux, elle pense qu'elle aurait aimé être capable de ça, ne pas sortir complètement de l'enfance ; ils jouent, les vêtements tachés de pluie, ils n'ont pas idée de l'heure, du temps qui les happe tandis qu'elle fixe le plafond, le vide en elle, et que les petites filles quelque part comptent chacune dans leur langue, se cachent, se trouvent, indifférentes à toutes choses extérieures au jeu et que l'insecte cogne encore aux parois de sa tête, enfermé là sans échappatoire.

— Madame ?

L'Allemand tend le bras par-dessus le lino. Elle dit « *danke schön* », c'est à peu près tout ce qu'il reste des leçons d'allemand, et mord dans la gaufrette. Tout à l'heure, la fin du tonnerre. Seulement la pluie, un bruit de douche. Puis plus de pluie. Et après ?

L'appartement d'Ella, le canapé-lit dans lequel, sûrement, elle finira par dormir avec Kay en attendant mieux, ses fenêtres plein est traversées de soleil dès six heures du matin, le rouge infiltré sous les paupières en lames fines, tièdes, jusque dans le rêve ; pourquoi pas ce soir, tout de suite ? « Kay ! Kay, viens voir… tu veux aller chez Ella ? » Kay hausse les épaules, dégage son poignet de la main de sa mère et se sauve. Comme elle peut. À cet instant, elle a effacé l'image d'Alex devant les lauriers-roses, les cernes de Claire fixés dans le rétroviseur, les bonbons jetés dans la poubelle, les pleurs dans les toilettes carrelées, la boule de papier Lotus serrée dans ses doigts, la valise béante sur l'esplanade, les cheveux incan-

descents de sa mère et les autres images non advenues, forcément douloureuses ; tout ce qui déborde l'instant, courir et rire avec Eva, rejoint le lieu de l'oubli. Elle s'est sauvée.
Ou l'hôtel. Ne parler à personne, ne reconnaître aucun visage, n'avoir rien à expliquer, à justifier, à taire. Les serviettes rêches, blanches, les draps propres, leurs deux corps à l'intérieur, anonymes. Une chambre semblable à toutes les autres, son mobilier de faux bois clair façon Ikéa, mêmes lampes halogènes, mêmes tablettes encastrées dans les murs avec des verres sous film plastique, une moquette gris-beige, un couvre-lit assorti et une chaise rangée sous le bureau, comme derrière chaque porte rouge qui s'ouvre sur le couloir, dans les couloirs de chaque palier. Une soirée télé pareille à des milliers à trois cents kilomètres à la ronde ; une odeur normée de savonnette Accor sous emballage ; un petit déjeuner continental. Être nulle part, au chaud. Et après ?
La voiture. Un bidon d'essence et tout est possible. Rouler au hasard. Ou laisser Kay choisir. Si Kay décidait : Porte d'Asnières ? Voulait rentrer ? Est-ce que l'heure qui vient est possible, et le prochain jour, la prochaine semaine, est-ce que ça existe, un après, un *à venir*? Le cafard frappe ses tempes, un à venir, ça commence par quoi ? Quand ?
Les Allemands rangent les cartes, les biscuits, la bouteille de Coca. Ils appellent Eva, *Ich komme*

gleich ! Et Kay arrive aussi. Ils chaussent leurs sandales. Dehors, les fines rayures de pluie brouillent le ciel et les morceaux de béton. Ils déambulent dans les pièces grises, nues autour des ascenseurs, et Claire ne peut faire autrement que marcher dans leurs pas, les laisser décider pour elles. *On fait quoi maman*, demande Kay, Claire dit : *on regarde, on regarde quoi, je ne sais pas, tout ce qu'on peut*, et elle s'approche des rectangles suspendus de toiles peintes à l'huile pourpre, grises, bleu foncé, *ça par exemple, qu'est-ce que c'est, aucune idée, regarde juste*. Et le bruit dans sa tête, Claire se concentre, barre-toi sale bête, chose luisante aux reflets verts peut-être, ou bleu saphir, avec des pattes frissonnantes. Elle lit les explications sur plexiglas : ce sont des abstractions exposées à la pluie, au soleil, au vent, exécutées à l'air libre par le Chinois Wu Hao « pour observer les effets de la nature sur l'art, la création d'un tableau vivant, évolutif, avec un cycle de vie semblable à la vie humaine, naissance, vieillissement, mutation, et mort ». Les mots lus ne forment pas des phrases, ils sont des phonèmes isolés les uns des autres, sans signification. Kay soupire, *on y va ?* Claire déchiffre. S'approche des toiles. Elle frotte son oreille, elle observe la peau des toiles, les pigments, la main serrée sur les doigts de Kay, cherche les traces d'eau, de chute, de décoloration par le soleil ou le sel, une usure douce dans laquelle elle s'efforce de ne voir aucun message pour elle-même, aucune fatalité sur la fin de toutes choses, elle regarde des œuvres qui meurent.

— Viens voir ! dit Kay.

Elle lutte contre l'envie de s'asseoir là et de ne plus bouger, d'abîmer ses yeux à elle sur ces peintures qui s'érodent, de vieillir avec elles, mais elle se laisse entraîner par sa fille jusqu'à des toiles enduites d'à-plats fluorescents, acidulés, noirs et blanc diamant dont la vue lui soulève le cœur. *Peinture en rémanence* dit le panneau PVC, *qui s'appuie sur la persistance rétinienne, permettant au cerveau de virtualiser en positif des peintures regardées en négatif hypercontrasté pendant trente secondes.* Ce serait trop simple, changer le négatif en positif à force de patience. Mais lentement, les points de vue s'inversent, les visages simplifiés de Marilyn Monroe, Stevie Wonder, Elton John se détachent de la palette agressive, ils flottent entre la toile et elle.

— C'est vraiment moche, Kay, tu ne trouves pas ?

Les Allemands se dirigent vers les ascenseurs. Elle leur emboîte le pas. Elle demande : où est-ce que vous allez accompagner Henriette jusqu'à la boutique de la rue Sainte-Marthe. Elle doit marcher, le médecin l'exige, qui la voit maigrir, s'anémier semaine après semaine et, alarmé par sa pâleur, a prescrit viande saignante à chaque repas et une longue promenade par jour. Elle porte un sac en tissu bleu assorti à son chapeau, il se balance au bout de sa main, tout doucement, au rythme de son pas. Vous la voyez de dos ; vous n'avez pas idée du contraste entre sa peau et la profondeur du bleu. Les talons de ses bottines écrasent des bouts de bois, des morceaux de papier journal, des bulles de lessive séchée jetée sur le trottoir par les concierges après le savonnage des halls. Il n'est pas neuf heures, la chaussée est pleine d'écume et d'eau grise qu'elle regarde tourbillonner avant de s'enfoncer sous terre par les caniveaux. Pour elle, ce sont des premières fois. Elle met ses pas dans ceux de milliers d'autres, ils lui ressemblent tant, lui sont si étrangers, c'est le début de mars et des cornets à marrons en papier

journal virevoltent encore à ras du sol et frôlent le cuir de ses chaussures.
Elle tourne sur le boulevard. Comme elle traverse, penchant la tête à droite, puis à gauche, on aperçoit les boucles pendues à ses oreilles, en forme de piécettes, palpitantes, et la peau de la joue à la nuque, pâle en effet, sur le bleu outremer. Elle vient de prendre un petit déjeuner, le seul repas qu'elle supporte car elle quitte la table sans le goût de chair crue, de sang que laisse sur la langue le bœuf bleu ou le foie de génisse. Elle a bu un thé dont la tiédeur persiste jusqu'au fond de son ventre et ralentit sa marche, ou plutôt, la rend moelleuse, adoucit l'effort. Elle prend le côté du soleil, c'est aussi sur la prescription, lumière, chaleur, elle ajuste le chapeau, l'ombre coupe son visage à l'oblique, elle avance les yeux plissés, c'est un peu gênant et en même temps, agréable.
Le sac est léger. Il contient une brosse à cheveux enveloppée dans un chiffon de soie, l'une des douze pièces du nécessaire de coiffure couvert de nacre rose et gravé à ses initiales, H.C., offert par Joseph à Noël dernier, en pleine tourmente. La nacre est décollée sur le manche. Henriette n'est pas pressée, la boutique n'ouvre qu'à dix heures; la brosse ne sert pas depuis des semaines, ses éclats de pêche laissés au miroir où ne se reflètent plus que les moulures crème, l'éclat vacillant du lustre et quelquefois, lorsqu'elle est sûre d'être seule, la silhouette de la bonne tenant devant elle une robe

sur cintre : mais maintenant il faut sortir, marcher, exposer au jour ce corps diaphane alors pourquoi ne pas aller là, se poudrer le visage, enfiler des gants, assortir un sac avec des bottines, choisir une robe, ça ou autre chose.
Il y a des macarons dans les vitrines, dans des coupes transparentes ou étagés sur des plats à branches. Elle s'arrête. Son image se superpose aux biscuits roses, citron, pistache, jusque dans le miroir au fond du magasin. Vous voyez, ses joues creuses. La rondeur des meringues, des brioches. Il n'y a pas de sang sous cette peau. Des rubans de nougatine, des truffes au chocolat, des fils de guimauves traversent sa robe. Elle n'a envie de rien, elle se dégoûte, dans ce costume raté de conte pour enfant. La vue des pyramides de pâte à choux, et surtout, des sucettes effilées comme des calissons lui fait mal aux gencives, appel de salive, montée de bile, elle est tentée d'avoir huit ans et de flâner au Luxembourg ; quelqu'un te tient la main, fort, quelqu'un ôte le papier qui enrobe la sucette, quelqu'un garde ta sucette pendant que tu te hisses sur la balançoire, te pousse de sa main libre, quelqu'un te dit de tendre les jambes quand tu montes, *c'est bien*, puis de les ramener ensuitc au-dessous de toi, quelqu'un te fait descendre, quelqu'un décolle les cheveux cristallisés de sucre sur ta joue, quelqu'un jette pour toi le bâton dans une corbeille, quelqu'un dit : *Henriette, il faudra bien manger ce soir, n'est-ce pas* ? Quelqu'un lisse ta coiffure dans la voiture à cheval, quelqu'un

pointe son doigt sur une haie en fleur, un chien qui fait le beau, un vol d'oiseau dans le ciel de Paris, place de la Défense — la statue de Barrias et sa petite fille en pleurs derrière ses mains vient d'être installée — ou bien à la Concorde, après un goûter aux Tuileries. Quelqu'un te regarde, quelqu'un te mouche, te serre trop fort la main sur les clous, quelqu'un t'achète des sucettes au caramel piquées dans une pyramide en bois vernis, exactement comme celle que tu vois en ce moment à travers la vitrine de la confiserie, posée près de la caisse, sur le comptoir.
Marcher. Il y a un but à cette errance : réparer quelque chose. Elle en est là, à se réjouir du chemin du retour à cause de la nacre bientôt recollée, de la brosse réparée, ç'aura été fait, une heure, peut-être, aura passé, pas complètement pour rien, et il y aura une chose à raconter ce soir, à se souvenir, pour plus tard : *oui, tu sais, c'est le jour où j'ai porté la brosse rue Sainte-Marthe*... Henriette ignore que sa pâleur peut être pire encore : ce sera tout à l'heure, à la boutique, et elle n'aura pas de miroir pour lui tendre l'image de sa douleur. Elle va vers elle, confiante, balayant le trottoir des plis de sa jupe, effrayant les pigeons ; et quand, au carrefour suivant, une vieille femme demande son bras pour traverser et appuie sur sa main sa main squelettique, quand Henriette sent battre son pouls contre le sien, ses veines saillantes, les reliefs de ses varices, toute cette humanité dehors, exposée, mourante, elle sait qu'elles

se ressemblent. Rien ne la protège, tout peut l'écorcher à ce stade de l'existence. Tout : la pensée de la brosse enfermée dans le sac en tissu, les filaments blonds emmêlés aux poils durs, vestige d'une époque de coiffure, de hauts chignons, d'épingles de nacre que Joseph ne remarque plus, cheveux restés prisonniers, depuis des mois, d'un temps complètement révolu, et intacts ; la vision de l'ourlet d'une robe, juste devant elle, la minuscule tache de boue qui jouxte la cheville, presque rien, comme une moisissure sur le satin gris perle, et cette femme qui ne voit pas, marche face au soleil en toute innocence alors que dans son dos, frôlant le sol, une tache brune, presque sèche, s'incruste à son insu dans le tissu ; le doigt d'un enfant sur un clavier, dans la vitrine d'un marchand de piano, répétant la même note, si doucement qu'aucun son ne sort, tandis que son père converse avec le vendeur, c'est la première fois qu'il touche une plaque d'ivoire, se dit Henriette, à cause de la bouche entrouverte de l'enfant, qu'il éprouve sa douceur, et seule la peau de sa nourrice, l'intérieur de son poignet lui rappelleront, des années durant, la surface des touches, elle en est sûre ; plus loin, tombant d'une fenêtre, une valse en mode mineur, en mode *manquant*, comme elle aime à dire, et l'absence sur laquelle la mélodie est construite, dont elle fait le tour, renonçant à toute résolution rassurante, saturée de doute, de mélancolie, comme si le morceau n'était pas fini, comme s'il appelait autre chose, qui ne viendra pas, cette absence a des lames aiguisées qui forent l'estomac, un trou de l'amplitude d'un ton, un ton seulement, de l'amplitude d'une vie, qui fait un mal de chien.

Elle le fait exprès. Cette, comment s'appelle la vendeuse ? Louise. La façon qu'elle a de saisir la brosse. De la tâter du bout des ongles, de s'affliger sur le manche de nacre décollé, de secouer la tête, espérant, dit-elle, lèvres serrées, un sourire de compassion étiré d'une joue à l'autre, qu'il n'y a pas eu d'autres dégradations constatées, madame ; comment ? non, pas sur les onze pièces restantes du nécessaire, sur l'autre brosse, la même, vous savez ? D'attendre l'étonnement sur le visage d'Henriette pour préciser : la brosse du deuxième nécessaire acheté par votre mari ; sa stupeur pour ajouter : celle marquée aux initiales… attendez, oui, H.B. ?

C'est quelques jours avant le drame du *Figaro*. Henriette a cligné des yeux. Madame, quelque chose qui ne va pas ? Laissé la brosse entre les mains de la vendeuse, elle est sortie, a marché vers la Seine, l'image dans sa tête était précise de sa robe bouffante autour du corps enfoncé dans l'eau grise, elle coulait lentement, sans cailloux dans les poches, le regard fixé sur les passants penchés par-dessus le parapet qui ne pourraient rien, elle coulerait et il y aurait des gens pour se sentir coupables, un jour, de ne pas l'avoir sauvée. Mais elle ne saute pas, peut-être à cause de Dieu qui la retient encore, ou de sa peur de l'enfer, elle marche vers la maison avec dans sa tête une mazurka indissociable des deux lettres H et B, pour des raisons qu'elle ignore. Pour finir elle hèle une voiture, elle donne l'adresse et tout de suite veut arriver, se coucher ; elle a la vision nette de cheveux bruns, très fins, enroulés autour d'une brosse semblable à la sienne, d'une main de femme enserrant le manche, qui se coiffe face au miroir et dans le miroir, sur l'épaule de la femme, la main de Joseph, son mari, sa main gauche, son alliance contre une peau inconnue d'elle, les doigts qui ont tenu le coffret de douze pièces marquées aux initiales H.B. puis le menton de ce visage, coupé par le cadre en bois d'acajou, et les doigts d'homme attardés maintenant dans la masse noire des cheveux, dans la nuque de la femme, et elle entend la mazurka ; elle ne sait plus où, pourquoi, qui la jouait, qui est H.B., dehors il commence à pleuvoir et c'est inattendu, l'orage qui se met à tonner, à jeter des éclairs et des ombres monstrueuses sur les façades, et une fois un verre de whisky avalé, la bonne renvoyée, les vêtements mouillés jetés au sol entre la voiture et la porte d'entrée, la tête amollie dans l'oreiller, la douleur tuée par la torpeur, elle s'endort jusqu'au soir. Ni sa fille, ni son mari, ni aucun des domestiques n'aura l'audace de la réveiller, pas même pour les visites de l'après-midi, tant ses paupières sont lisses, pour une fois, tant elle semble loin d'eux ; tant ils craignent qu'elle ne se réveille pas en vérité — la culpabilité fait dans leur cerveau un bruit d'insecte qui se heurte aux parois d'un bocal —, qu'elle soit morte et qu'ils aient à en justifier.

Elle a le son elle cherche l'image. La mélodie revient note après note, depuis des heures qu'elle y pense ; elle peut nommer la mazurka qui renvoie aux initiales H.B. et son compositeur : Chopin. Une mazurka de Chopin. Mais qui joue, et où ? Dans le souvenir, il y a une tache bleue à gauche du champ de vision, et une jambe de pantalon, un morceau du moins, avec le pli repassé au milieu, appuyé contre le bleu. La tache, heure après heure après jour, devient nette, voyez les plis de satin, la tension des fibres, juste au-dessus une main doit relever la jupe, peut-être parce que la robe est trop longue ou que la femme monte une marche, ou que l'homme au pantalon presse contre lui la jambe qui résiste. Il faut longtemps pour restituer, centimètre après centimètre, en cercles concentriques à partir de ce point de référence, la tache bleue, l'ensemble de la scène. Une phalange sur la couture du pantalon, et à cette phalange un doigt rattaché, toute une main, et à la robe des hanches et aux hanches une poitrine, gonflée croit-elle d'abord, finalement menue et ferme sous le corset rembourré, une gorge, pâle, farineuse, trop poudrée devant un miroir sans doute mal éclairé, et un grain de beauté légèrement gommé par le talc sous le lobe de l'oreille. Pas de visage. À droite

de l'homme, de son costume noir, une surface brillante sur laquelle jaillit un point blanc ultra-lumineux. Lorsque s'élargit le cadre, le point blanc trouve une circonférence qui est celle d'une ampoule, le reflet d'une lampe dans, quoi ? de la laque, brune. Plus bas, les articulations d'un meuble, couvercle, ou porte, un découpage blanc : les touches d'un piano ; des mains apparaissent et les touches s'affaissent mais on est trop près encore ; reculer un peu, le clavier, les bras, la robe jaune assise sur un tabouret, un camée pendu à une chaîne dorée à la lisière du col, elle reconnaît le bijou de sa grand-mère et au-dessus du camée le visage de Juliette, sa fille aînée. Juliette joue cette mazurka sur un piano crapaud, indifférente à toutes les jambes de pantalons, les talons, les tintements de bracelets autour d'elle. C'est un effort énorme de reconstruire le décor mort et les visages. Henriette ne voit distinctement que celui de sa fille face au piano, qui n'a pas ôté son chapeau, elle s'est assise tout de suite, et quand ses doigts ont touché le clavier elle a fermé les yeux, comme si elle palpait une matière neuve, inconnue. On n'y prêtait pas attention sauf toi, Henriette, tu ne pouvais rien regarder ni personne d'autre ; c'était juste avant la mazurka, et H. B. devait être quelque part, et Joseph aussi, peut-être l'homme au costume noir à gauche du piano ?
Tu t'efforces de recréer les circonstances, morceau par morceau. Juliette au piano. Des lettres

rondes sous le pupitre, c'est un Pleyel. Tu baisses le regard. Derrière les pieds du piano, d'autres pieds plus distants, en bois clairs ou foncés ; plusieurs pianos. C'est le salon de vente Pleyel, rue de Rochechouart ; septembre 1913. Tu essaies de glisser ton regard sur la droite, sur la gauche, en toutes directions mais tu as l'intuition que même sur place, sur le moment, c'était impossible, tu étais aimantée par le jeu de ta fille, elle ne s'était pas déshabillée, elle avait juste posé ses gants sur le bord du clavier et s'était assise sans permission, et tu avais eu honte qu'elle ne salue personne, qu'elle trouve sa place avant qu'on la lui donne ; jusqu'à ce que le son décolle. Ses pupilles fixées sur ses doigts, la tension de son dos, l'absolu désintérêt pour les hommes alentour, pour le champagne, les macarons à la framboise, cette désaffection-là tu te la rappelles bien ; tu la trouvais magnifique, ta fille, dans le lieu qu'elle habitait en elle, inaccessible aux autres, tu étais sûre que Joseph, ton mari, la fixait tendrement. Pas besoin de chercher son visage, vos regards convergeaient, forcément, vers l'enfant, à cause de la revanche sur le sort qu'elle prenait devant tout le monde.

Elle jouait la mazurka, et tu t'es souvenue de sa première leçon de piano. Elle avait cinq ans. On venait de lui ôter les fils cousus sur le dos de sa main droite. Ses bras, son visage étaient criblés de minuscules cicatrices roses, et sa robe dissimulait les coupures des jambes et du ventre encore couvertes de croûtes. En Normandie, une baie vitrée s'était brisée sur son corps nu. Plongée dans une bassine elle prenait un bain, jouant avec l'eau savonneuse, faisant naître des bulles entre pouces et index. Dehors la tempête et, on ne le comprendrait que plus tard, une branche du pommier qui casse et s'enfonce dans la baie vitrée dont le poids cède, elle éclate, des milliers de petits bouts de verre entrent dans sa chair, de plus gros sont projetés contre les murs comme d'énormes morceaux de glace, et quand Henriette surgit dans la salle d'eau elle hurle : Juliette est couverte de sang, il se faufile en rigoles groseille parmi les gouttes d'eau ; elle n'ose pas la toucher, l'enfant hérissée de minuscules tessons, elle est peut-être hachée ; elle n'est pas morte, juste pétrifiée, elle fixe l'éclat de verre fiché dans sa main droite, à la perpendiculaire des os, et le filet de sang qui s'échappe de la blessure. On a recousu la main de Juliette mais les médecins ne croient pas à sa guérison. Des tendons presque totalement sectionnés, c'est à coup sûr la paralysie. *Mettez-là au piano*, suggère l'un d'eux. Et les autres éclatent de rire. C'est ce que fait sa mère, pourtant, n'ayant pas d'autre idée, prendre rendez-vous avec un professeur de piano, l'amener là, à la salle de torture où Juliette passera des heures une lourde pièce posée sur le dos de la main, à répéter mille fois les mêmes trois notes, *do mi sol do mi sol*, ou bien *fa ré fa ré* en levant haut les phalanges de l'index et de l'annulaire, pour se muscler, puis ce sera le poids d'un taille-crayon, et elle gardera les mâchoires serrées pour ne pas pleurer de rage et d'impatience, tandis que les longs ongles rouges du professeur martèlent les touches. Un matin, elle déchiffrera une comptine, comme ça, ni pour les muscles ni pour les tendons mais parce que c'est joli. La mélodie d'une comptine. Enfin l'atroce douleur n'aura pas été vaine. La main fonctionne. Le bras fonctionne. La comptine, *Jolie fleur tient dans ma main, sur mon cœur fane et s'éteint*, est indolore ; son bras est sauvé. Le piano sera cela d'abord : une conquête physique qu'aucune mondanité, aucun savoir encyclopédique ne parviendra à transformer en art, en pur plaisir de l'oreille ; c'est une barrière contre la mort.

Jouer devant le monde, s'exposer, jamais Juliette n'avait osé avant alors bien sûr que Joseph la regardait, pensait Henriette. Sans deviner, comme elle, la volupté du contact entre la matière et les doigts de Juliette, les substances vivantes : le bois du piano, jamais mort, même coupé spécialement dans le Val di Fiemme en novembre, à la lune descendante pour faciliter l'écoulement de la sève, même séché pendant dix ans, dont on évite les nœuds, les veines saillantes, tout élément renfermant la tentation du bourgeonnement, le souvenir d'un printemps, et qui pourtant gonfle ou se rétracte, sensible à la température et à l'humidité. Juliette a entendu, tout à l'heure, à la manufacture du boulevard Ornano à Saint-Denis l'énumération des bois d'un piano et elle a souri, les doigts pleins de sève : l'épicéa pour la table d'harmonie, le chêne, solide, pour la charpente, le sapin rouge de Russie, gras et compact pour les arcs-boutants, le tilleul pour le clavier qui se découpe facilement et travaille peu, le poirier pour les échappements parce qu'il est silencieux, le cormier pour les sillets, dur, et lisse, le cèdre, léger, élastique, pour les manches à marteaux, l'ébène pour les touches noires, et toutes les cellules des plantes et des laines d'animaux tissées sous forme de drap, de feutre, de molleton, de casimir, de taffetas en petites mouches sous les touches, en couverture sur les marteaux, pour adoucir, surélever, amortir le son ; les peaux de buffle, de mouton, de daim. L'ivoire vert de Guinée, blanc du Sénégal, les 7000 éléphants aux défenses arrachées pour les touches blanches, les métaux venus du fond de la terre, du cœur de la matière : fer, acier, cuivre, laiton, argent, plomb. Le reste elle n'en a rien entendu, Henriette le sait. Par exemple que la mazurka de Chopin, celle qu'elle s'est mise à jouer, a été composée sur un piano Pleyel exposé à deux mètres d'elle et vers lequel elle ne tourne pas la tête. On lui a dit, elle s'en moquait, l'extraordinaire tournée de la concertiste Miquel-Alzieu entre Saigon, Canton, Tokyo en 1911 avec un AL Pleyel de 800 kilos transporté en train, bateau, en jonque, sur les épaules de 80 coolies indigènes à dos d'éléphant, gage de solidité des pianos Pleyel. La vie infusait en elle par les milliers d'hectares de forêts en sursis, les troupeaux de bêtes en marche vers l'abattoir et les balles des chasseurs, les champs de fleurs coupées, elle n'entendait plus les discours depuis déjà longtemps, et peu lui importaient aussi les inventions étranges exhibées dans le salon de vente, pianos doubles montés tête-bêche, pianos automatiques à cartes perforées, pianinos, pianos portables en petites caisses compactes sur lesquels on s'extasiait, tout la laissait froide hormis l'échange de fluides entre le piano et elle, les dix kilos de tension sur chaque corde qui pourraient faire exploser l'instrument, 500 à 3600 vibrations par seconde, le plier en deux avec une force de traction de six chevaux.

Mais où est Joseph ? Henriette le cherche, ne le trouve pas dans l'image reconstituée. Enfin elle le voit. Elle a mal. Il ne regarde pas Juliette. Il est dans l'ombre au fond de la pièce. Il fixe une femme vêtue de bleu avec un grain de beauté talqué sous l'oreille : la maîtresse de Gaston Calmette, le directeur du *Figaro*, a chuchoté quelqu'un. Et plus tard, quelqu'un dit « Henriette Ballot », femme d'un rédacteur du *Figaro*. Oh la mazurka de Juliette, pleine de vert d'échardes de métaux fondus. Tout est si simple. Si clair. Comme Henriette a pitié d'elle-même. Comme elle voudrait se consoler, se serrer dans ses bras, comme elle s'aime, soudain, tristement, avec une compassion jamais éprouvée jusqu'alors. Et toutes les peaux, les poils, les sucs vibrant dans le piano dans la main de Juliette contre la mort. Il n'y a pas d'affaire politique entre Gaston Calmette et Joseph Caillaux : l'énorme bruit du scandale politico-financier masque les murmures d'une femme qu'ils se disputent. Là, avec du rouge sur les lèvres, elle est d'une beauté à couper le souffle, elle s'évente. Pas d'affaire mais une affaire, aventure amoureuse, ou sexuelle, ou les deux. Une histoire d'hommes, ma Juliette seule avec moi au piano, de bêtes en rut à s'entretuer pour la même femelle, et tout le monde s'étonne de l'infamie de la campagne, de l'acharnement démentiel d'un homme contre un autre, tes doigts noués à l'ivoire, ma douce, ça m'étrangle qu'il ne te voie pas, comment est-il possible que tu ne l'éblouisses pas ce soir, Gaston Calmette un homme si digne et avec mon mari je les vois l'un et l'autre, leurs sexes tendus devant eux injectés de sang, c'est à qui a le plus épais, le plus long, le plus turgescent, la presse jute de leurs petites obscénités. Dans les larmes d'Henriette entre soudain une détresse de petite fille : Ballot commence par un B, Caillaux par un C, et à ce stade de la souffrance où tout est symbole, tout est preuve, signe d'espoir ou de misère, l'alphabet traduit forcément une hiérarchie dans l'amour ; une vérité des profondeurs.

Henriette Caillaux va se tuer. Dans quatorze jours, elle ira chez Gastine-Renette, marchand d'armes, se procurer un pistolet. Elle y verra l'éclat du soleil sur la crosse, une fois au-dehors, un feu rose de fin d'après-midi, juste avant la montée du soir ; très lente — c'est le mois d'août —, perceptible à la transparence de l'air, soudain, à l'avancée du bleu, au refroidissement des couleurs.

— *Saint-Michel, this is where we're heading to!* répond l'Allemand.

Claire et Kay, restées main dans la main en haut des marches, les regardent traverser l'esplanade aux reflets de beurre fondu. Ils traînent des ombres un peu grises ; elles les perdent de vue dans la distance.

— J'ai faim.

— Qu'est-ce que tu veux ?

— Des nems.

C'est triste comme c'est beau, tant de douceur, la lumière indécise, cette fin des choses. Il y a cette petite main poisseuse qui tient la main de Claire, qui tire, qui veut, et heureusement, parce que Claire serait tentée de rester plantée là, dans l'indécision, il ne fait ni chaud ni frais, c'est en équilibre, en suspens, la température, les mouvements des ombres, des nuages, les battements du cœur, c'est un répit ; car le téléphone finira bien par sonner, et Alex sera au bout.

— Serre-moi, Kay. Fort.

À l'intérieur du restaurant chinois elles marchent sur des dalles de verre, sur des poissons orange, blancs, noirs aux barbillons frémissants et Kay soulève ses pieds pour les regarder fuir, zigzaguer entre les éponges, les jets de bulles, les gros cailloux, les galets blancs, les algues et les mousses fluorescentes. Elle montre les écailles luisantes sous les néons, elle se penche au-dessus de la rambarde carmin du pont minuscule qui enjambe le bassin. Les poissons gobent la surface, elle rit, Claire aussi, moins pour lui répondre que pour cacher son dégoût devant les béances pourpres. Il y a des écrevisses, ou des homards, ou des langoustes, des bestioles aux pinces nouées d'élastiques, aux antennes fouineuses, des nuées de poissons transparents avec en travers du corps une barre bleu électrique. Des remous se forment entre les roches, qui gonflent l'eau comme un muscle. Les serveurs se meuvent en silence de l'autre côté du pont, sur la moquette rouge, les postillons de la cascade bruinent sur leurs visages, un duvet blond apparaît sur les joues de la petite fille. Fausses fougères plantées dans les parois de pierre, simili-lierres aux feuilles larges comme la main tombant du plafond. Kay tente de les attraper, c'est comme au zoo, au Jardin d'Acclimatation, au Jardin des Plantes, une somme inépuisable de curiosités, et pendant ce temps, derrière la vitre fumée, le jour décline, inexorablement. Dans l'eau tremble le reflet de l'enseigne en idéogrammes jaunes.

— On s'assoit, Kay ?

Claire commande une Tsingtao. Kay bâille. Assise sur la banquette en velours, les pieds ballants, elle joue avec les baguettes sorties de leur étui de papier, les fait rouler entre ses doigts. Elle suit du bout des phalanges les sinuosités nacrées tout autour du miroir. Elle couvre son T-shirt de miettes de chips à la crevette.

— Il est où, papa ?

Les nems arrivent brûlants sur un lit de salade, Claire les découpe et souffle sur les boyaux de pâte.

— Pourquoi on mange pas avec papa ?

— Plus tard tu verras papa.

Elle nourrit Kay appuyée au dossier de la banquette, qui fixe un point vague sur la table en plastique et n'ouvre plus la bouche que sur commande. Une gorgée de bière. Une bouchée de nem, lentement mâchée, oubliée dans la bouche.

— Avale.

Une gorgée. L'assiette se vide, la bouteille, minute après minute, ce sera bientôt l'heure de payer, de sortir, et après ? Kay secoue la tête, elle n'a plus faim. Elle frotte ses yeux. Claire observe, affolée, les dernières bulles de Tsingtao rejoindre le fond de la bouteille. Elle cherche des yeux un serveur. Elle se lève, le trouve à la caisse, elle lui demande une autre bière, et quelque chose dans sa voix, tremblement, souffle, ou dans ses yeux qui luttent contre les larmes, un éclat de chagrin contenu, ou plus encore, une raideur dans le corps, une façon de se pencher par-dessus le comptoir qui relève de la supplication davantage que de la commande, touche l'homme dérangé dans ses calculs ; il pose la soucoupe en plastique et l'addition qu'il tient en main, s'excuse auprès des clients qui, carte bleue sortie, s'apprêtent à régler, il se tourne vers le réfrigérateur à porte transparente puis tend à Claire une bouteille constellée de gouttes d'eau. Le sourire qu'il a. Discret. Doux. Et elle, face à lui, qui tient le goulot dans une main et le cul de la bouteille dans l'autre, qui cligne des yeux, puis s'aperçoit qu'on lui tend un décapsuleur, se ressaisit, un pschiit s'échappe de la bouteille et un peu de mousse qu'elle rattrape de l'index, elle remercie et regagne sa table.

Kay s'est allongée sur la banquette. Claire s'assoit près d'elle, caresse ses cheveux. Kay dort. Bouche entrouverte. Joues écarlates. Il est sept heures.

Deux bières encore. Elle n'a dans le ventre que des gaufrettes à la vanille depuis le déjeuner. Elle passe la main sous le T-shirt de Kay, sur le ventre bombé et tiède, dans le dos sur le bosselé de la colonne, elle longe du pouce et de l'index

le col brodé du T-shirt, une dentelle un peu grossière, synthétique, et la sensation, sous ses doigts, rappelle le tour de sa nuisette touchée au seuil de la cuisine, un matin au petit déjeuner, le jour où Alex est devenu petit garçon, et où l'amour n'a plus été possible. Elle boit au goulot, la bière est plus amère que ces bouteilles de Corona qu'ils aimaient glacées, une fois rentrés chez eux après une soirée trop arrosée, ou ennuyeuse. Ils décapsulaient les bouteilles, elle et Alex, ils s'asseyaient dans le canapé, juste une ampoule allumée, la Corona prenait une couleur miel, et ils se repassaient les images du dîner, des visages, des phrases, ils se moquaient, la tête renversée, à moitié dans le sommeil, ils avaient été ensemble et en même temps chacun dans un espace à soi, unique, leur regard, leur distance aux conversations, et à eux deux ils tentaient de reconstruire le puzzle des heures écoulées, d'en saisir la totalité. C'était un sas avant la nuit.
Kay remue à peine. Un muscle de l'épaule tressaille. Une démangeaison au coude. Claire pose la tête de l'enfant sur ses cuisses et continue ses caresses, sans lâcher des yeux le point blanc audehors, le soleil, absorbé par la vitre teintée.

Tout était éteint pour la dernière bouteille de Corona. Ça lui avait semblé étrange que ni l'un ni l'autre ne songe à allumer en rentrant après la fête chez les voisins. La main dans les cheveux de Kay, elle pense qu'ils ont eu besoin d'obscurité, que peut-être ils se seraient tus, sinon, parce qu'ils se seraient vus, ou parce qu'elle n'aurait pas cédé à sa part d'ombre, et qu'une vie peut tenir à ça : l'intensité de la lumière. Ils étaient en vacances, chez ses parents à elle. Alex était allé à la cuisine, était revenu avec les deux bouteilles. Elle avait enlevé sa veste, ils s'étaient assis sur la banquette près de la vitre coulissante, au rez-de-chaussée, dans l'encadrement de vigne vierge qui rongeait le crépi, grouillante de lucioles et de cigales. La lune était couchée sur la piscine, de l'autre côté de la vitre, et sur les dalles. L'air entrait par l'embrasure de la porte-fenêtre, un peu frais déjà.

— Je me suis ennuyée.

Il y avait ces ruptures franches à l'intérieur de Claire, de plus en plus souvent, un barrage cédait face au dégoût de tout. Des conversations. Des courses. Des voyages. Des vêtements neufs. Des dîners, des dîners plus que du reste ; elle y allait sans filet, sans protection, et au moment où les femmes échangeaient des recettes de cuisine elle avait envie de chialer.

— Je m'ennuie tout le temps.

La bière restait coincée dans sa gorge. Alex regardait droit devant lui.

— Leur vie est tellement merdique.

Claire est allée chercher d'autres bouteilles, *je vais parler*, elle se disait, et la pensée de la peine infligée lui tordait le ventre, elle se gavait de biscuits apéritif et il lui venait un rire d'ivresse impossible à endiguer, une façon de voler au-dessus des choses, tellement moroses quand on s'y arrêtait, et comme elle se trouvait arrogante et banale à la fois d'espérer mieux.

— Pourquoi tu dis que leur vie est merdique ?

— Je ne sais pas, ce qu'ils lisent, leur boulot pas intéressant, et puis l'emprunt, et les enfants et les prochaines vacances, c'est petit, tu vois, riquiqui, ça me déprime, je…

— Putain, recommence pas… Si ça leur plaît ? Et puis tu vis pareil.

— Nan. Moi, j'ai les pianos. Je fabrique des pianos.

Je m'ennuie avec eux. Eux et leurs extensions, leurs amis, leurs activités sportives, leurs frigos en aluminium, elle buvait, se taisait parce qu'il aurait demandé depuis quand cet ennui, et parce qu'elle était devenue comme eux en effet, que, malgré les pianos, elle s'était perdue de vue.

— Pourquoi tu vas encore dans ces dîners si c'est si pénible…

Et tant d'autres choses, par habitude. Il y a des gens qu'elle voit seulement pour manger et boire, elle ne connaît plus que leurs bustes visibles derrière une table à dîner, a oublié la forme de leurs jambes, leur démarche, le teint de leurs visages pas apprêtés, cela dure depuis des années, durera peut-être toujours, on appelle ça des amis, elle pense *des compagnons de bouffe.* Sa place dans le lit, par habitude. Le savon Dove blanc et bleu marine dans la douche. Les grandes expositions, le vote PS, les vacances dans la maison familiale, par habitude. L'angoisse atroce d'être finie. Figée. Elle mord le goulot de Corona, ça retient les larmes. Fait mal aux dents. Mal.

— Ça t'a plu, toi ?

— Bof.

Il boit, il a ouvert le col de sa chemise. Il dit :

— Tu t'ennuies avec moi ?

Elle est ivre. Elle croit parler, les mots grouillent seuls dans sa tête : *Pardonne-moi d'y avoir cru ; tu as la chance d'avoir grandi, d'avoir, comment dire, renoncé ? fait le deuil ? de plus grand que ça.*

Il n'y a plus eu de Corona ce soir-là, ils avaient tout bu. Les yeux rivés sur la piscine — elle a pensé : résignés —, il a demandé : *Tu m'aimes ?* Elle a dit : *Je ne sais pas.* Et lui : *Tu veux qu'on se sépare ?* Il regardait les massifs de lauriers balancés par la brise, ça ne pouvait pas leur arriver, à eux, et comme lui elle pensait la question impossible jusqu'à ce qu'il la formule, qu'il ose, pour les rassurer ; ça sentait le thym, le romarin, ils s'étaient mariés à deux kilomètres de là dans une chapelle avec un clocher italien en forme de campanile, sa robe de tulle était cousue sur des cerceaux, elle l'avait inventée, et là au bord de la piscine où montaient encore des odeurs d'herbes chaudes, thym et romarin écrasés, il avait hâte qu'elle le retienne, qu'elle aime leur couple autant que lui, qu'il reste quelque chose de cette robe improbable, de l'auberge au Canada, quand il lui avait demandé d'être sa femme, elle

ne voulait pas se marier mais avec lui oui, elle voulait le choisir avant que le reste de la vie ne lui tombe dessus, il était son choix. Et la Corona dans la main il voulait être choisi, encore une fois.
Il a répété :
— Tu veux qu'on se sépare ?
Elle n'a pas répondu.
— C'est une réponse ?
Elle a hoché la tête : *oui.* Comment elle a pu le dire. Comment ça a pu franchir sa gorge, soudain l'envie de s'enfoncer dans le sol ou de devenir flaque et de glisser dans l'eau turquoise de la piscine et de se dissoudre à jamais, il se lève, elle voit l'enroulement de ses cheveux sur l'arrière de son crâne — *on ne peut pas faire ça à un homme comme toi, dont les cheveux s'enroulent si parfaitement, coupés si court dans la nuque, rasés, un petit duvet dru et noir commence à repousser, tu as dix ou douze ans, tu es mon enfant* — et il cogne sa tête contre la vitre, il cogne et le bruit entre dans la tête de Claire, elle ferme les yeux, *arrête !*, il cogne encore, encore, le bruit d'insecte heurté aux parois d'un bocal commence là, elle sort de la pièce avec le son gravé dans le tympan de ce front de petit garçon qui tente de briser quelque chose, le réel, trop laid, les souvenirs, trop lourds.

C'était la semaine dernière. Claire s'enfonce dans la banquette, elle pense que ce putain de resto va fermer, elle voudrait être dans deux ans, elle voudrait être après, longtemps après, par-

donnable, pardonnée, *personne n'appelle pour savoir si je suis bien arrivée.*
Le serveur verse de l'alcool dans le minuscule godet. Il s'est trompé de sexe, dans le fond apparaît une femme nue aux seins énormes. Claire boit le liquide au goût de rose. Le serveur verse une deuxième dose. Il s'aperçoit qu'elle pleure, avec indifférence. Les larmes sont sûrement venues à cause de l'enfant qui dort, à cause du sommeil qui a pris l'enfant, qui a vidé cette femme de toute autre préoccupation qu'elle-même. Les larmes glissent sur son visage, l'alcool rend sa peau insensible. Elle est au-dedans d'elle, les yeux dans le vague, elle caresse sous la table les cheveux de l'enfant qui l'a laissée seule.

— Ça ne va pas, madame ?

Elle lève les yeux, secoue la tête. Elle étouffe un sanglot qui explose quand même. Le serveur s'en va, elle s'en fout, ça y est c'est là, pour de bon, la douleur, et le serveur, plus tard, s'étonnera que l'enfant ne s'éveille pas, il n'en dira rien mais, la voyant ainsi plongée dans le sommeil, devinera que Kay ne peut pas revenir avant que le chagrin ait complètement fait son chemin en sa mère, l'ait possédée. Il tendra un petit papier à Claire où il a griffonné ces mots : « *Nam Myôhôrengekyo* », et le mantra bouddhiste familier résonnera en elle comme dans la maison d'enfance, dans les heures où sa mère, face à l'autel, le répétait des milliers de fois, jusqu'à l'oubli de tout.

Le téléphone vibre sur la table. Alex. Claire regarde s'allumer le petit écran. Appel manqué. Message vocal. Elle se dégage doucement de Kay, pose la tête sur le velours de la banquette, prend son paquet de cigarettes et sort.
Plus bas sur l'esplanade, les terrasses sont pleines. Elle allume sa cigarette. Elle regarde ses doigts aux peaux rongées. Le ciel, les traces blanches emmêlées, trajectoires mousseuses d'avions déjà passés, bandes larges en dispersion, fils droits d'Airbus en vol. Elle tire de sa poche un tas de bouts de papiers, ticket de pressing payé d'avance, courses chez Champion, reçu de la poste, ils datent du mois de mai; chez elle, sous housse plastique, le costume d'Alex nettoyé à sec, dans le congélateur une purée de brocolis congelée depuis des mois, un colis de livres reçus par Chronopost et pas rangé encore. Poubelle. Vingt heures. Elle jette un œil par la vitre teintée. Kay n'a pas bougé, seul un pied dépasse sous la table marron. Elle écrase sa cigarette, rentre dans le restaurant. Sur l'écran du portable, deux appels en absence : Alex, et Alex. Claire s'assoit. Ramasse les miettes de nems, les porte à sa bouche.
Le serveur traverse la salle, il porte un plateau chargé de bols fumants, d'assiettes pleines de pousses de soja, de basilic, de tranches de citron, et le suivant des yeux, Claire s'aperçoit que toutes les tables sont occupées. Les hommes en costume et les femmes en tailleur parlent bas, rendez-vous d'affaires, pause dîner avant une

nuit blanche sous les néons des espaces ouverts, il n'y a ni enfants ni touristes. Plus de chaises libres mais le serveur n'apporte pas l'addition, ne demande pas à Claire de relever sa fille allongée de tout son long sur la banquette. Claire commande une bière. Des gens entrent et sortent, l'air devient gris derrière les vitres teintées du restaurant, l'air plus frais chaque fois que s'ouvrent et se referment les battants de la porte. La main posée sur les cheveux de Kay, Claire vide les bouteilles en fixant le téléphone qui vibre sans cesse, affichant le nom et la photo d'Alex avec son sourire franc, sur une plage de Turquie, puis la petite flèche rouge des appels manqués, puis le logo du répondeur. Et quand le serveur, le front luisant, un début d'auréoles aux aisselles de sa chemise, pose sur la table une sucette à la fraise, *C'est pour la petite*, elle comprend que le restaurant va fermer, qu'il va falloir partir, et elle n'a prévenu personne, elle ne veut ni rentrer porte d'Asnières ni sortir dans la nuit, elle veut fermer les yeux, là, dans le chaud qui l'enveloppe, face aux images en torsion à cause de l'ivresse, leur élasticité un peu écœurante, leur balancement qui semble un prélude au rêve, rester sur la banquette et se coucher à côté de Kay parmi les miroirs, les éclats de fausse nacre, les bruits d'eau, la joue collée au velours synthétique. Elle regarde le téléphone, elle a reçu un sms, elle l'ouvre, PUTAIN MAIS VOUS ÊTES OÙ ??? Alors, lasse, elle écoute les messages, *C'est moi, tu comptes être là à quelle heure ? — Oui, Claire, j'arrive pas à te joindre, je voudrais savoir quand tu rentres. — Bon, il est six heures, vous avez prévu d'arriver quand ? — Claire, j'ai eu ta mère, vous devriez être à Paris depuis deux heures au moins, un problème ? — Je commence à être vraiment inquiet, vous êtes où ? Kay va bien ? — Il est vingt heures, je vais faire le tour de tes copines, where on hell are you ? — For God's sake, Pascal m'a dit qu'il avait vu ta voiture garée près de chez lui à Neuilly, c'est quoi, ce bordel ! Si tu appelles pas d'ici une heure je préviens les flics.*

Elle compose le numéro. Il décroche tout de suite, il pose toutes les questions en même temps, elle sait que c'est pour Kay, la panique dans sa voix. Elle dit qu'elles sont à la Défense, la voiture est en panne, il répond qu'il arrive, elle dit qu'elle ne veut pas le voir, qu'elle aurait préféré ne pas l'entendre, il dit que ça ne le regarde pas, qu'il vient chercher sa fille, qu'il prend la voiture, qu'il sera là dans un quart d'heure, Kay doit dormir dans un lit, Claire peut faire ce qui lui chante, ça lui est égal. Elle pose le combiné sur la table, une petite voix métallique continue à sortir du visage souriant photographié sur la plage de Turquie; puis elle appuie sur le téléphone rouge; l'écran devient noir — fin d'appel : 5mn 09s.

— Où est l'hôtel le plus proche? demande-t-elle au serveur.

— Le Hilton, juste derrière le CNIT.

Elle paie. Enfile son sac en bandoulière. Soulève Kay tandis que le serveur écarte la table. C'est trop lourd, et tout est inconsistant, le sol, ses jambes, la porte là-bas.

— Vous allez au Hilton ?

Elle hausse les épaules, elle a tellement sommeil. Il dit qu'il va l'accompagner. Il prend Kay dans ses bras, elle n'ouvre pas les yeux, elle soupire et appuie sa tête à l'épaule de l'homme. Ils sortent. Claire dit : *merci*, plusieurs fois, trop, tandis qu'ils marchent sur le parvis, lui se tournant régulièrement vers elle comme s'il craignait qu'elle disparaisse, répétant : *par ici, par ici, madame*, et elle : *merci, monsieur*, autour d'eux les tours s'amollissent en longues barres de guimauve, et à travers ses yeux plissés les lumières font des étoiles. Ils pénètrent dans le hall de l'hôtel. Le caoutchouc des ballerines de Claire crisse sur le carrelage, elle prend la clé, ils montent dans l'ascenseur, elle serre les mâchoires à cause de la nausée, et quand le serveur dépose Kay sur le lit *king-size* aux draps soyeux, entre des oreillers énormes — *merci beaucoup* —, elle ne sait pas comment prendre congé ; mais il ne tente rien, même pas un sourire appuyé ; elle s'aperçoit dans le miroir mural alors qu'il lui souhaite bonne nuit, elle se demande si elle est un peu séduisante mais son reflet se déforme, elle tient dans la main la sucette à la fraise et elle sait, la regardant, que Kay la protège, le serveur va se retirer avec le respect dû à la mère d'une enfant de cinq ans, il n'y a pas de place pour autre chose. Il referme la porte, doucement. Elle se met à rire. Un rire muet, pour elle-même, pour la pensée qu'elle vient d'avoir, qu'un homme aurait pu la vouloir, là, ivre à rouler par terre, les cheveux emmêlés par la sueur, la pluie, le vent, les yeux rougis de veinules éclatées. Elle se laisse glisser au sol, au pied de la table basse, à même la moquette épaisse. Le téléphone, échappé du sac renversé, vibre longtemps, puis la messagerie sature, il ne sonne même plus, *Bonjour, Claire Dunois, vous pouvez laisser* un message qui l'atteigne; mais quoi de plus, après le salon dévasté, les cernes et la pâleur mortelle de son visage, sa maigreur nouvelle — maintenant l'alliance glisse de son annulaire tant le doigt est osseux, elle l'a rangée dans une pochette de gaze et Joseph n'a rien vu, pas senti non plus l'absence de l'anneau qu'il faisait jouer, avant, en lui tenant la main; un message pour quoi? Qu'il s'excuse de ne pas l'aimer assez?

— Vous êtes sûre de ne pas vouloir revenir demain? demande la secrétaire du *Figaro.* Sur rendez-vous, c'est plus simple.

Henriette secoue la tête. Il est cinq heures quarante-cinq. La secrétaire sort de son sac un poudrier, un tube de rouge qu'elle appliquc sur ses lèvres avant de les talquer, pour faire tenir la couleur et l'empêcher de marquer le mégot d'une cigarette, le tour d'un verre ou, plus sûrement, la bouche d'un homme. Elle a, au moment où elle mouille son index pour lisser ses sourcils, un sourire familier à Henriette, adressé à elle-même dans le miroir de poche : l'essai en petit de celui qu'elle aura pour l'amant, tout à l'heure.

— Bonsoir, madame.

La porte se referme, sur le visage d'Henriette passe un courant d'air qui fait trembler les fins cheveux blonds échappés de son chapeau. Elle a tout son temps, figée dans un présent dont l'unique borne est le retour de Gaston Calmette.

Depuis un mois, tous les jours elle marche. Elle longe les quais gris pâle de ce début de mars, de l'autre côté du Petit Palais. Elle s'habille encore, elle assortit les chapeaux à ses robes, plumes, nœuds, rubans, paillettes, perles ornent sa coiffure et accentuent la fadeur de son visage ; ce n'est ni par goût ni par jeu, mais par habitude, elle n'y pense pas davantage qu'à respirer, c'est en elle, ce devoir d'élégance, c'est elle, comme beaucoup d'autres gestes, salutations, façons de s'asseoir, de tenir couteau et fourchette. Elle continue à prendre le thé avec des dames, rendez-vous inscrits dans son emploi du temps et qu'à aucun moment elle ne songe à écarter, elle ne décide plus, elle endure, en quoi elle est experte pour l'avoir appris de sa mère depuis l'enfance ; elle écoute les bavardages, et par les hautes fenêtres regarde passer les nuages, remuant le sucre au fond de tasses de porcelaine jusqu'à ce que le thé soit froid, sirupeux, imbuvable. Elle entre dans les bijouteries, essaie des bracelets sertis d'opalines, diamants roses, améthystes, fixe de ses yeux morts les glaces où brillent, à son cou, des colliers d'or, des velours incrustés de rubis, d'émeraude, et chaque fois ses yeux convergent vers sa jugulaire, qu'elle regarde battre, s'étonnant qu'une chose si vivante palpite encore en elle. Elle entre chez le tailleur, commande un costume bleu foncé pour Joseph, il le lui a demandé elle obéit, les années avec Léo lui ont dicté les façons d'une bonne épouse ; elle s'en souvient. Elle traverse les églises, jette des oboles dans les troncs, elle ne sent rien, cela se fait elle le fait. Elle suit Joseph, dîne sous des lustres avec chandeliers allumés, pendant des heures tourne entre ses doigts des couverts en argent pour capter la lumière, son reflet, s'éblouir. Elle n'a rien dit à Joseph au sujet d'Henriette Ballot. Un soir il a demandé si le magasin réparerait la brosse nacrée, elle a dit : *oui, je pense*, puis elle a désiré un lieu où hurler sa douleur mais pas devant lui qui ne tient plus à elle que par un fil, peut-être le souvenir de quelque chose d'heureux, de tendre ou, simplement, le sens du devoir. Ce lieu du cri n'existe pas, ou bien il est en elle ; c'est au-dedans que ça explose.

Elle marche sur ordre du médecin, mais chez elle, le plus souvent, elle s'allonge. Des heures. Sur son lit, entre des oreillers de plume, immobile, simulant le sommeil pour qu'on l'ignore, qu'on la laisse à l'état doux, légèrement angoissant de l'entre-deux, de la mort possible, de la vie pas encore quittée. L'horizontalité gagne l'existence d'Henriette. Certains jours, seuls comptent les événements visibles depuis son lit, dans un temps étiré sans mesure : ainsi, dans le vase posé sur la cheminée, le détachement progressif d'un pétale de rose, une fleur à la peau chaque heure plus flétrie, dont ce pétale finit par se décrocher, puis tomber, lentement parce que si léger du fait de l'absence d'eau, comme un morceau de peau morte ; il se pose au pied du vase, sur le bois clair, frissonne à cause de l'air qui filtre sous la fenêtre. Ainsi, la poussière qui s'agglomère sous le crucifix accroché au-dessus de son lit, et que, la tête enfoncée dans les oreillers, elle ne voit plus en relief mais comme une barre brune aux reflets mauves. Ou encore, le balayage de l'abat-jour par un rayon de lumière du matin jusqu'au soir, changeant les formes, les ombres, la lampe devient visage de femme, voile gonflée de vent, gueule de chien, il s'y déploie d'infinies possibilités de rêves. Parfois elle regarde Juliette avancer vers elle, un verre d'eau à la main, ou un chiffon humide dont elle tamponne le front de sa mère, elle lève les yeux vers son enfant, les ferme sous ses mains fraîches, il faut être étendue pour éprouver cette douce inversion des rôles, pour cesser de vouloir, pour éprouver la scission du monde entre les debout, et les couchés. Henriette est maintenant couchée même quand elle marche, quand elle dîne, quand elle entre dans les boutiques, couchée quand elle se lève après la nuit, verticale au-dehors, effondrée au-dedans.

Un soir, la nuit n'est pas tombée encore, Joseph pénètre dans sa chambre alors qu'elle s'est endormie sur le lit, une main devant les yeux à cause du soleil entré plus tôt par la fenêtre. Son autre bras s'est affaissé, le livre est resté ouvert sur les draps. D'habitude, elle est éveillée avant son retour, elle y fait attention, tous les jours sauf ce soir-là, et quand elle ouvre les yeux à cause d'un grincement de parquet, quand elle voit son mari à deux mètres d'elle, le dos tourné, posant sur le bureau un paquet blanc, elle porte une main affolée à sa bouche pour essuyer la salive, à ses cheveux pour les lisser, à ses joues pour les défroisser; elle se redresse parmi les draps, les murs sanglants du crépuscule, à contre-jour la peau de Joseph est grise, presque bleue, il regarde Henriette baignée de rouge carmin, sa figure, sa robe, ses cheveux, elle voudrait qu'il s'en aille, elle a honte qu'il la surprenne défaite mais il tire une chaise et s'assoit près du lit. Il prend sa main.

— Tu es fatiguée, Henriette?

Elle regarde ses doigts à lui sur ses doigts à elle. C'est tiède. Elle ferme les yeux, elle l'entend répéter la phrase mais cette fois-ci ce n'est plus une question, juste un constat. Sa voix est douce à pleurer. Il est venu lui apporter un châle de laine empaqueté dans du papier blanc. Le châle, il le déplie, en entoure les épaules d'Henriette puis embrasse son front. C'est un baiser d'une tristesse inouïe. Il dit qu'il ne dîne pas là ce soir, qu'elle devrait se faire servir une soupe chaude dans sa chambre puis se recoucher, ce serait raisonnable. Avant qu'il referme la porte elle entrevoit le faible sourire de Joseph, elle tente d'y répondre mais ne produit qu'une étrange grimace, alors le fixant elle entend les mots se former sous le crâne de son mari : *pauvre petite Henriette; ma pauvre petite fille.*

Un autre jour, elle accompagne Juliette à une audition de piano. Elles ont laissé la voiture, elles marchent lentement au bras l'une de l'autre dans les contre-allées des Champs-Élysées, en direction de l'Arc de triomphe. Des mouettes tournoient au-dessus de la Seine hérissée de vagues. Henriette passe le doigt sur la cicatrice de la main de sa fille; la main a grandi, la marque s'est étirée, une ligne lisse et rosée coupée de points de suture presque invisibles. Elle dit : *Juliette, c'est ta chance,* c'est à elle pour toujours, le fluide dans ses doigts, il lui appartient, et elle se rendra compte, plus tard, comme c'est bon d'avoir une chose à soi. Elles traversent à hauteur du pont Alexandre-III. Henriette serre fort la main de sa fille; pas comme Joseph sa main à elle dans sa chambre il y a quelques jours : cette main la tient, elle y tient, c'est tout ce qu'elle a. Elles regardent les mouettes se maintenir immobiles, les ailes déployées, au-dessus du parapet, puis la main de Juliette s'échappe pour retenir son chapeau. Deux cents mètres en arrière, dans une rue évacuée pour la circonstance, avec agents de police en rangs serrés pour bloquer le passage, s'effondre un immeuble de trois étages. Le bruit des gravats fracassés retentit jusque de l'autre côté de la Seine comme un immense vaisselier brisé, la matière des murs, briques, pierres, ciment, les poutres, les parquets moisis, les carrelages de cuisine, les vitres explosent en nuances sourdes, cristallines, craquements, éclatements dont l'écho dure, faisant de tous côtés se retourner les passants, Henriette et sa fille, vers l'énorme nuage de poussière soulevé par-dessus les toits. Henriette et Juliette traversent le pont, au-delà du pont des chutes résonnent, de plus en plus espacées, cloisons, morceaux d'émail et de plafonds, et regardant par-dessus son épaule, Henriette aperçoit encore le nuage de poussière contre le ciel cru. Au retour, tout à l'heure, l'air sera un peu trouble, les agents de police ouvriront le passage, et Henriette et sa fille pourront s'approcher de l'immeuble détruit, rendu à l'horizontalité. Alors Henriette demandera : *c'est bien le numéro 33, n'est-ce pas ?* Et l'agent dira oui, et immédiatement l'histoire d'Henriette et Joseph sera évacuée par brouettes entières, leurs doigts effleurés dans un salon au troisième étage il y a huit ans, lors d'une réception du soir dont elle ne se souvient de rien sinon les doigts de Joseph

touchés pour la première fois alors qu'ensemble ils regardent un tableau, elle n'a pas le moindre souvenir du peintre ni de la représentation, ni de la lumière, ni des alcools, des petits-fours, de la musique, de la robe qu'elle porte, des visages, de Léo, ils regardent le tableau à défaut de se regarder l'un l'autre, les doigts de Joseph l'effleurent en désignant quelque chose, là, dans l'image, elle ignore quoi, mais qu'importe, ses doigts sont un prélude au reste.
Dans deux jours le terrain sera déblayé, un immeuble neuf poussera sur la place. Dans les appartements, d'autres tableaux seront accrochés.

Henriette fixe la porte par laquelle Gaston Calmette va entrer d'un moment à l'autre. Elle imagine la poignée actionnée; la porte entrebâillée; Gaston Calmette dans l'encadrement de la porte. Il va la reconnaître, se raidir. Il ne pourra pas empêcher son geste. La mort d'Henriette devancera la sienne, en signera le commencement, il en portera le fardeau jusqu'à la voussure, sa laideur extrême. Joie de penser ce dos cassé, mausolée de son amour pour Joseph.

Une lettre à Berthe, l'ex-femme de Joseph, est publiée dans *Le Figaro* du 13 mars. Date, en-tête de la Chambre, elle a été écrite il y a treize ans, dans un fauteuil de député, alors que Berthe, encore mariée, est la maîtresse de Joseph. À cette heure matinale, ce que la lettre contient de manœuvres politiques excite déjà le monde du dehors, petites femmes crachant des punaises, petits hommes gesticulant pour être vus, la rue grouille de petites phrases, de petites indignations, de petites rancunes, mais rien ne touche Henriette que ces deux syllabes, *Ton Jo*, au bas de la lettre, qui font office de signature. Leur brièveté ; leur espace contracté, intime ; mots d'une langue amoureuse qu'elle croyait singulière, qu'elle découvre usée, et dont l'affichage en présage d'autres, et pourquoi pas la dernière ligne d'une lettre écrite pour Henriette, des années plus tard, sur les mêmes bancs de la Chambre, alors qu'elle est devenue son amante, ces *mille millions de baisers sur ton corps adoré* donnés, en effet, le soir même, à sa peau nue, en chacun de ses plis, et pourquoi pas, ensuite, une lettre à Henriette Ballot, avec la bouche de Joseph, sa langue, sa salive sous les mêmes mots du bas de la page : *Ton Jo.* Les yeux d'Henriette, fixant l'article, là, dans le salon, assise à la table où refroidit sa tasse de café, s'emplissent de terreur ; non à cause de la haine du monde, ni de la déchéance possible de la carrière de son mari, ni du scandale de mœurs, mais à l'idée, à la fin, de ne plus pouvoir nier le nouvel amour de Joseph, tant bien que mal réduit, jusqu'ici, à une hypothèse, à une maladie de femme délaissée, cet amour-là et d'autres encore, qu'elle ignore, jusqu'à être forcée d'admettre l'abandon absolu de son sexe, l'atteinte du point de non-retour.

La lettre à Berthe contient toutes les autres lettres. Tous les possibles de Joseph. Tous.
Dans quelques heures lui viendra la pensée de sa fille apprenant la liaison de Berthe et de Joseph, et peut-être, ensuite, son propre adultère. Elle espère que ça ne fait plus rien. Que, plusieurs étages au-dessous, la robe bleue de Juliette s'éloigne, se faufile entre d'autres robes pourpres, noires, grises, vert sombre, pour la première fois Juliette se rend seule à sa leçon de piano, qu'elle fraie son chemin dans le monde du dehors, parmi les punaises, les gesticulations des petits hommes, qu'elle connaît sa route, qu'elle suit ses mains, ses tendons, ses articulations, les nœuds des veines dans ses muscles, qu'elle n'a pas peur, qu'elle ne se retourne pas, que sa destination c'est elle et que le reste, tout le reste, est égal.

Tous les instants qui suivent conduisent à cette scène où Henriette fixe la porte du *Figaro*, la main crispée sur le pistolet, moite sous son manchon : d'abord, le déjeuner avec le compositeur Isidore de Lara, midi pile, il est ponctuel à la minute et cette discipline, soudain, la met au bord des larmes ; il tamponne les coins de sa bouche après chaque fourchetée, elle le regarde découper sa viande en petits morceaux, plier un haricot vert, trancher une carotte, piquer un à un ses légumes, soulever son verre en regardant au loin par-delà les fenêtres, boire une gorgée, reposer son verre, mastiquer sa viande, cela n'en finit pas, l'assiette est pleine et ils n'ont rien à se dire, elle se demande pourquoi ils sont ensemble dans ce restaurant malgré la presse du matin, il ne peut pas venir à bout de son dos de pigeon rôti et sa purée de céleri a l'épaisseur du plâtre ; elle ne l'aidera pas par des bavardages niais, des sourires polis, elle est trop fatiguée maintenant, elle s'enfoncera avec lui dans le malaise, le laissera essuyer sa gêne au coin de ses lèvres. Ensuite, le passage de Joseph à la maison, dans l'après-midi, juste un dossier à prendre, lui aussi évitera les yeux de sa femme, et au moment où il voudra retourner au ministère Juliette fera claquer la porte d'entrée, se plantera devant lui, raide à se briser les os, les dents serrées soufflera que sa lettre à Berthe leur fait honte et qu'il doit quitter la maison ; il faudra qu'il la bouscule pour sortir, les mains tremblantes, murmurant : *je suis désolé, Juliette,* avant de disparaître dans l'escalier. Demain Henriette sera couverte de fleurs, de plantes en pots, bouquets offerts par des ministres, des maires, des voisins, des fleuristes, des instituteurs, des médecins, des anonymes hommes et femmes ; on manquera de vases, on fera tremper les tiges dans des bassines, des soupières, dans des éviers, dans des seaux, de toute la France arriveront des appels et des billets affligés par la publication de la lettre à Berthe, ils rempliront plusieurs corbeilles. Un pollen presque noir gouttera des lys. On ouvrira les fenêtres, à cause

de la puanteur des parfums mélangés. Suivra un repas à l'Élysée, Raymond Poincaré se dira « navré » par l'affaire mais elle verra bien, elle sera la seule à voir, ses lèvres en cul de poule, grasses de la sauce de viande, articuler indéfiniment : *Ton Jo, Ton Jo, Ton Jo.* Et au déjeuner suivant, chez la princesse de Monaco, les femmes s'amuseront à évaluer, croyant distraire Henriette, le prix à payer par *Le Figaro* pour une lettre qui lui est destinée : 30 000, 100 000 F… *mais vous êtes riche, ma chère !*
Elle se tordra les mains, tirera ses cheveux, dans le bas de la nuque où ça ne se voit pas, les racines s'arracheront avec une petite sensation de brûlure ; elle fera saigner le bout de sa langue. Juliette, enfermée dans sa chambre, refusera elle aussi de regarder sa mère, ses moues dégoûtées donneront à Henriette l'envie de frapper sa fille, de détruire en elle l'image qu'elle lui renvoie. Elle invitera le neveu de Joseph à accueillir son oncle de retour de la Sarthe, pensant que les manies de l'enfant, claquer des talons en courant d'une pièce à l'autre, jouer au piano des airs de son invention, feront oublier le silence de Juliette mais la violence en elle continuera de croître et le petit garçon, étrangement, cessera peu à peu de bouger, se tiendra dans un coin du salon, fixant la rue, n'osant pas détourner la tête, se fondant aux boiseries, la respiration minimale, jusqu'à l'arrivée de son oncle. Le jour suivant, la visite du juge, qu'Henriette sollicitera

pour empêcher la parution d'autres lettres, durera un quart d'heure; assis dans un fauteuil du salon dépouillé il sourira gentiment aux angoisses d'Henriette, hochant la tête sans cesser de tripoter son chapeau, comme on écoute, à la limite de la patience, l'enfant geignant pour une piqûre de moustique, un semblant d'hématome, une éraflure au genou. Elle se précipitera au ministère, jusqu'au bureau de son mari, elle dira : *c'est fini on ne peut rien contre eux, même un juge est impuissant*; alors, devant ce visage de la souffrance, ces tympans sourds, ces yeux aveugles, Joseph Caillaux posera sa plume, fixera les pupilles d'Henriette, au lieu d'un abyssal besoin d'amour il y verra, ce sera plus confortable, un désir de vengeance; il promettra de casser la gueule à cet homme, ce seront ses mots : *casser la gueule* à Calmette, directeur du *Figaro*; pas des mots de ministre, des mots d'homme. Ç'aurait peut-être pu suffire à sauver Henriette, qu'il redevienne un homme pour elle, qu'elle redevienne sa femme, qu'ils soient à nouveau l'un pour l'autre, comme au début de leur histoire, des couleurs primaires, crues, sans nuances, des corps sexués soumis à des pulsions de vie; car subitement le sang afflue à nouveau dans la poitrine d'Henriette. Mais il y a ces lèvres qui tremblent. Presque rien. Un frémissement sur la bouche de Joseph, qui n'est pas de la colère; qui est de la peur. Peur de Calmette. Peur de sa femme. Il ne touchera pas Calmette. Elle en est sûre. Elle ne dira rien. Elle s'en ira. Elle rentrera chez elle. Il la rejoindra tout à l'heure pour manger des côtelettes dont la cuisson le fera renvoyer la cuisinière sur-le-champ. Henriette sera seule. Parmi les fleurs. Les milliers de taches colorées contre les murs, les reflets mauves, roses. Tout ça pourrira. L'eau deviendra verte, bientôt il y aura une odeur de vase. Et voyant les boutons s'ouvrir, les cœurs mis à nus, jaunes, bleus, bruns, rouges, les pollens se répandre sur les nappes en poudre rouille et safran, Henriette sera sûre de ne pas vouloir assister à ça, la décomposition de l'ensemble. Se tuer, avant le pourrissement.

Ils diront, plus tard, les hommes de justice, les chroniqueurs, qu'Henriette a cédé à sa nature femelle ce jour-là, 16 mars 1914, le ventre tordu par les douleurs de la menstruation, le corps saturé d'hormones provoquant des humeurs changeantes, passionnelles, affectant la raison et l'équilibre mental ; et ils n'auront pas complètement tort. Non parce que ses règles, dont en effet elle souffre depuis plusieurs jours, sont cause de son acte morbide, mais parce qu'ils ont compris que c'est une *femme* qui a tiré — à l'utérus saignant, au vagin mort, au corps nié ; Henriette a saccagé sa vie à cause d'un frémissement de lèvres, à cause des mots « casser la gueule » non suivis d'effet, à cause de la fin des sexes, à cause de l'absence d'homme, à cause de la fin, irrémédiable, du désir.

Là, sur le banc du *Figaro*, dans les instants qui précèdent l'entrée de Calmette, elle se souvient qu'il faut mourir pour préserver l'amour. Elle a pour elle toute la littérature, toute la mythologie ; au moins mourir au lecteur, comme le veut l'épilogue des contes où les amants se retirent sitôt unis, figés dans une formule qui les soustrait définitivement au réel, le réel qui est pourrissement. Henriette ne mourra pas au lecteur. Là, elle orchestre sa vraie mort. Arrête elle-même le temps, pensant qu'après cela ils se tairont, les journaux, les gens, que ne restera que l'histoire d'une femme amoureuse à se tuer. Il est 18 h 14. Gaston Calmette la recevra dans une minute. Déjà, le garçon de bureau se dirige vers elle. Il remarque qu'elle a conservé son manchon, un peu trop chaud pour la saison, il s'approche, *madame, voulez-vous me* suivre des yeux la mouche noire qui se cogne au plafond, là-haut, le temps de retrouver des sensations dans les membres. Tête renversée sur la moquette, crampe à l'estomac, Claire a ouvert les yeux. Elle n'a rien mangé, ou presque, depuis vingt-quatre heures. Elle se lève, des aiguilles dans les bras, les jambes. Trois heures trente en chiffres rouges, au bas du téléviseur. Toutes les lumières sont allumées, les chevets de part et d'autre du grand lit, l'halogène, le plafonnier, et beaucoup d'autres lampes posées sur les meubles, et les spots autour du miroir de la salle de bains. Kay dort tout habillée, une jambe pardessus les draps, les chaussures délacées. Claire titube jusqu'au mini-bar. La vue des mignonnettes d'alcool lui tord le ventre. Elle prend un paquet de chips et un sachet de cacahuètes, les déchire d'un coup de dents, mange debout face au placard, la porte du frigidaire béante, puis ouvre une petite bouteille d'eau minérale et la vide entièrement. Elle lèche ses doigts pleins de sel. Elle masse son cou. Elle cherche la télécommande, la trouve sur une table basse, allume l'écran plat, baisse le son au minimum. Elle fait défiler les chaînes. Le journal de la nuit. Cac 40, festival de musique quelque part au vert, augmentation du gaz et de l'électricité. Elle zappe. Elle a encore faim. Les barres chocolatées l'écœurent. Il reste une petite boîte d'olives dans le frigo. Elle mange les olives. Elle ouvre une canette de Coca, se tourne vers l'écran que des flammes pixellisées jaunes et bleues dévorent ; en plissant les yeux elle lit, en sous-titre, *Incendie de la manufacture Pleyel — Saint-Denis.* Elle se précipite sur la télécommande, monte le son, colle l'oreille à l'enceinte, *il ne reste rien,* dit la commentatrice, *pas un mur, pas un morceau de bois, pas une machine utilisable, pas un piano. Tout a brûlé.* Elle fixe le visage d'Arnaud Marion, P-DG, ses paupières rouges, les casques brillants des pompiers. Les pianos ont brûlé. Ses pianos. Ils passent d'anciennes images du Putman fabriqué là, ses courbes bleu-gris, la Voie lactée incrustée en minuscules éclats de nacre ronds, étoilés, sous le couvercle du piano ; les mains filmées qui placent une à une les mouches sous les marteaux, ce sont ses doigts, elle en est sûre. Tout est foutu. Même les ceintures de feuilles de hêtre à l'intérieur des moules de contreforme, même les moules, leurs boulons gros comme des poignées de porte, leurs serre-joints à briser la coque d'un bateau, calcinés, informes ; même la machine à découper numérique, ses circuits électroniques, fondus, mêlés à la sciure et aux copeaux de bois, les pièces découpées rangées en série, pieds, plateaux, chevalets et les énormes rouleaux de papier de verre consumés dans un crépitement assourdissant, à combien de degrés fond le métal ? le verre ? et les pots de laque, de vernis, de durcisseur, d'apprêt, les couvercles qui sautent, les liquides répandus, gloss, pâtes inflammables chauffées à 1 500°C et, une fois calcinée la fine couche de colle entre les pièces assemblées au 100e de millimètre la vibration des pianos, sourde, de tous les pianos en train de se défaire, lentement, leurs craquements, d'un coup leur splendide éclatement, l'un après l'autre, dans le brasier, la combustion de l'ensemble, déchets de bois, de feutre, de drap, de peaux jusqu'à ce qu'il n'y ait plus qu'une poudre noire jonchée de débris pas identifiables, des armatures de machines encore chaudes ; odeurs de plastique et de goudron. Restent les pianos du showroom Pleyel rue du Faubourg-Saint-Honoré, ils disent, alors on voit à l'écran, deux Marco del Re, un Cortot Alèssido bleu et or, un Aki Kuroda, un P280 laqué noir, un Fidelio au clavier rouge, vitrine de luxe avec moquette épaisse et spots lumineux incrustés au plafond. Maintenant, des images de montagne, d'agneaux à peine nés avec des langues roses et des bêlements d'enfants, Claire fixe la télécommande, elle pense à son tourne-à-gauche « petite cuvette », c'est le nom qu'elle a donné à cet outil qui n'en avait pas, avec sa minuscule cavité pour enserrer les vis et ajuster les marteaux, son tourne-à-gauche carbonisé, le même depuis douze ans, depuis la manufacture d'Alès, son nom sur le manche au feutre indélébile, *Claire F.*, ses reliefs polis par les frottements du pouce et de la paume, le manche scotché collé trois fois à la Superglue, celui qu'elle tenait en main le jour de sa rencontre avec Alex il y a huit ans, laissé à Saint-Denis avant les vacances, dans sa boîte transparente. Les agneaux bêlent et tètent leur mère, sourire attendri de la présentatrice. Claire change de programme, cherche d'autres journaux, d'autres images de l'incendie. CNN, MTV, l'écran bleu pétrole aux figures dansantes des chaînes pour enfants la nuit, la météo, la chaîne météo, des téléfilms. Elle éteint. Termine sa canette de Coca. Écarte les voilages, fait entrer de l'air. Le bruit d'insecte dans sa tête, la tête qui cogne contre la vitre et plus de tourne-à-gauche, elle serre ses tempes entre ses paumes, elle ferme les yeux, elle veut que ça s'arrête.

Elle est à la chaîne de réglage quand il entre, costume et cravate sombres, avec un groupe d'hommes d'affaires pour visiter la manufacture de pianos d'Alès. Il écoute les commentaires du chef d'atelier, il passe devant Claire, l'observe un moment, immobile, les mains dans le dos. Il dit bonjour, lui demande ce qu'elle fait, elle dit qu'elle pose des étouffoirs, il demande si c'est difficile, elle dit que oui, c'est pourquoi elle aime ça, deux jours par pose c'est énorme, un travail de fourmi ; il veut connaître d'autres opérations minutieuses, elle parle de l'égalisation du clavier, de la mesure de l'enfoncement des touches en trois endroits différents par des poids de plomb pas plus grands que l'ongle de son petit doigt, *regardez*, de la correction des écarts par des mouches de feutre ou du vrillage du bois assoupli sous l'effet d'une lampette à flamme, jusqu'à ce que le clavier forme une droite parfaitement parallèle à la règle en bois. *Quoi d'autre ?* demande-t-il, elle dit qu'elle commence à monter les cordes, qu'elle y arrive enfin, que des gens capables de monter toute une table d'harmonie en France il y en a vingt, vingt-cinq au plus. Ils sont cent vingt techniciens qui fabriquent deux mille pianos par an et il la choisit, elle, peut-être parce qu'elle paraît si jeune, peut-être parce qu'elle répond sans détour, sûre d'elle, de son talent, elle tient à la main un petit outil à la forme étrange qu'elle agite en parlant, elle ne le pose pas, elle ne s'arrête pas vraiment de travailler pour cet homme, c'est juste une suspension du geste interrompu et elle va reprendre, cela se voit, qu'elle a hâte de s'y remettre, de se pencher à nouveau sur ses pièces ; sans doute il l'envie. Les hommes d'affaires s'éloignent, la porte de la pièce insonorisée s'ouvre, il en sort le vacarme des machines à roder les marteaux, qui jouent sur les pianos douze heures d'affilée pour tasser les feutres, puis ça se tait, la porte est refermée. Claire a aimé le regard de cet homme sur elle. Sa fascination pour l'habileté de ses mains. Elle n'est pas musicienne, elle n'a aucun talent pour jouer; mais régler un clavier, bientôt monter les cordes, poser les étouffoirs, elle le fait huit heures par jour sans fatigue, sans lassitude, elle est douée, elle le sait, elle aime l'admiration qu'elle suscite. Il l'invite à dîner le soir même, ils ont un peu bu, elle l'emmène dans la manufacture. Elle veut encore ce regard, elle s'aime dans son regard, c'est là le début du malentendu, qu'elle n'ait pas vraiment voulu Alex mais le regard d'Alex sur elle, l'image d'elle qu'il porte en lui; ils déambulent entre les pianos, le gardien laisse faire, il connaît Claire, elle partage son café avec lui deux fois par jour. Claire montre à Alex un pique-marteau, *vous voyez on détend le feutre en le frappant, c'est comme un petit poignard, si on pique la tête le marteau sonne mieux, dans le rebond le son est plus dynamique, à l'arrière le jeu est plus tonique*, Claire éclate de rire, elle rit beaucoup ce soir-là, *le piqué est irréversible, on ne peut plus revenir en arrière, plus jamais*. Elle demande : *vous savez jouer ?* Il dit que non, il a commencé le violon à l'âge de cinq ans, il était si menu qu'un luthier a dû fabriquer un instrument spécialement pour lui, mais c'est fini, maintenant, il n'a plus le temps. *Et vous, vous jouez ?* Elle s'assoit sur un tabouret à vis, le fait tourner. *Non, plus. J'ado-*

rais Chopin. Il l'arrête, se penche, l'embrasse. *Chopin est fait pour Pleyel, vous savez ? Pas n'importe quel piano Pleyel, celui de 1838, accordé bas, avec des cordes en fer, pas en acier, beaucoup moins tendues, et une mécanique à simple échappement qui rendait le jeu plus difficile à contrôler. De temps en temps des notes sautaient, c'était inégal, comme un chuchotement à l'oreille avec parfois des syllabes inaudibles, il fallait beaucoup de réserve dans le jeu pour pouvoir nuancer ensuite dans les extrêmes, l'amplitude sonore était mince. C'était une musique de salon, intime, Chopin aimait qu'on prête l'oreille. On ne peut pas jouer vraiment Chopin sur les pianos qui sortent de la manufacture.* Elle se lève, elle est vraiment ivre, elle trébuche, il l'appuie au clavier d'un piano droit pas encore accordé, elle dit : *ça fait trop de bruit,* ils font l'amour dans la pièce insonorisée, contre un mur, elle se sent unique et ça lui plaît ; six mois plus tard elle est à Paris, son tourne-à-gauche petite cuvette dans la valise. Elle sera accordeuse de pianos de concert jusqu'à ce que la manufacture Pleyel rejoigne à nouveau Saint-Denis, son berceau, et que Claire redevienne une femme vraiment singulière : ils sont quinze techniciens dans une manufacture de luxe, qui fabriquent des pianos sur mesure ou à tirage très limité, ils font l'objet d'articles, de livres, de reportages ; elle est mère depuis quatre ans ; Alex et elle vont moins au concert ; il travaille trop. Son regard sur elle s'est adouci ; *terni,* peut-être, le mot est laid. Il s'est habitué à cette femme à nulle autre pareille, une femme avec pince et tourne-à-gauche au bout des doigts, elle lui est devenue familière ; elle se sent moins vivante. La manufacture est en cendres. Ils sont en cendres. En cendres, un jour, son regard sur elle, le miroir flatteur des premières années. Alors, en nuisette sur le seuil de la cuisine, voyant Alex boire son café, ses cheveux noirs épais, sa cravate nouée sur le cou bien rasé, elle se demande si elle l'a jamais aimé ; si elle ne s'est pas plutôt aimée, elle, à travers lui. Si on n'aime jamais que soi.

Il est 4 h 38 en chiffres rouges, la nuit est noire, Claire imaginait des lumières ici, à la Défense, en nombre, un peu comme à New York, des tours éclairées de l'intérieur, des néons visibles dans l'obscurité mais il n'y a que des halos de lampadaires orange et blancs, des points clairs loin devant, éclairages des routes, des passerelles, veilleurs de nuit, et là, dans un étage élevé de la tour voisine, un homme en tenue bleue d'une entreprise de nettoyage industriel qui pousse une machine le long des vitres. Claire est au quatrième et dernier étage de l'hôtel, dehors c'est surtout noir. Elle défait ses vêtements, les laisse tomber un à un sur le sol ; fait couler un bain. Elle s'assoit nue sur le rebord frais de la baignoire, la vapeur couvre peu à peu le miroir, le jet d'eau chaude fait gonfler la mousse, une odeur de vanille se répand ; elle trempe la main dans l'eau laiteuse, l'agite. Elle entre dans l'eau. Se laisse absorber. Cou. Cheveux. Visage. Le chaud l'enveloppe, complètement. Ses jambes flottent, ses mains. Elle souffle l'air de ses poumons, refait surface; inspire. Plonge. Apprendre à s'aimer seule. Les mots lui viennent, comme ça, alors qu'elle souffle des bulles qui traversent l'épaisseur d'eau puis éclatent à la surface. Elle inspire. *M'aimer seule.* Elle attend que la température baisse, que la peau de ses doigts se froisse. Quand le bain est froid elle s'en extirpe, passe un peignoir blanc au parfum de plage, déchire le plastique mince qui enveloppe le peigne posé sur le lavabo, démêle ses cheveux. Lentement. Elle approche son visage du miroir grossissant. *M'aimer. Moi.*

Kay dort encore, au milieu du lit *king-size,* elle s'est tournée vers le mur et les marques de l'oreiller dessinent des arabesques violettes sur sa joue gauche. C'est bleu pâle, à l'horizon, en pointillé entre les tours. Le jour se lève à peine, transparent, ce sera la même journée splendide qu'hier, le même ciel bleu profond. Claire éteint les lumières. Elle tire le drap sur le corps de Kay, à cause de l'air conditionné ses bras nus sont glacés. Elle regarde le petit visage émerger de tout ce blanc; à cause de la profusion des draps, des oreillers, elle se souvient de l'histoire racontée par sa grand-mère qui un jour d'août, petite fille, est entrée dans la chambre de sa mère alitée, femme blafarde et maigre, terrassée par la mort de son mari à la suite d'une crise d'appendicite, mère incapable de se lever, osseuse, sans gras autour des bras, autour des hanches pour serrer ses enfants, sans gras aux joues pour les baisers, aux paumes, pour les caresses ; elle est entrée dans la chambre de la mère silencieuse et sans chairs, noyée dans les plis de couvertures, de draps de lin blanc brodés, un peu effrayée de n'apercevoir d'elle que des mèches de cheveux épars ; elle a dit : *bonjour maman*, et la bouche de la mère a répondu à travers l'épaisseur de l'oreiller : *je suis seule, complètement seule.* Alors Thérèse a dit : *non, tu m'as, moi* ; la mère : *j'aurais préféré vous perdre tous les trois plutôt que le perdre, lui.* Dans ces draps quelque chose est mort. Dans le corps de l'enfant debout près du lit quelque chose s'est mis à pourrir et a fait un trou. Claire voudrait se glisser près de Kay dans le lit, elle veut être sûre qu'il n'y a pas de trou dans la poitrine de Kay. Elle s'approche, elle hésite ; elle a peur de la réveiller. Elle met les mains dans ses poches, se plante devant la fenêtre.

La main de Kay glisse dans la main de Claire ; tout étroite ; toute chaude, au moment où vient l'aube avec ses dégradés de mauve. Elle ne l'a pas entendue venir. Elle serre fort la main de Kay. Kay appuie sa tête à la jambe de Claire. C'est bon, le poids de cette tête sur le haut de sa cuisse. Claire et Kay regardent droit

devant elle, dans le vaste bureau, Gaston Calmette. Elle va s'achever sous ses yeux, dans ce lieu sombre, presque obscur, elle jurerait un crépuscule d'orage mais il y a une lumière dorée.
Peut-être qu'il bégaie, peut-être qu'il hurle de terreur quand il aperçoit le pistolet sorti du manchon. Pour elle tout devient très doux : l'air qu'elle respire, le plancher sous ses pieds. Douce, la certitude de sauver son amour en le figeant. Henriette sauve son rêve d'amour. Elle appuie le canon du pistolet contre sa poitrine, elle n'a pas peur, elle y est presque, dans l'amour immobile, éternel, il suffit d'une pression supplémentaire de l'index, elle s'étonne de la facilité avec laquelle il est possible de décider de la vie ou de la mort, d'éteindre la lumière, comme ça, passant une phalange sur l'interrupteur et puis le noir, total ; elle s'apprête à appuyer mais une pointe aiguë, soudain, dans sa tête ; un parfum familier, tendre, de rose, très léger ; une eau de fleur comme on en jette dans le linge avant la lessive et qui reste imprégnée, longtemps après qu'elle a séché ; c'est

fugace et ça fait trembler sa lèvre ; elle tient l'arme contre son cœur, l'index peu à peu fléchit, le bras tombe, le canon vise le sol, elle le fixe, hébétée, des larmes plein les yeux; c'est le parfum de Juliette ; une réminiscence rivée à son poignet, de ce matin, sans doute, quand elle a embrassé les cheveux de sa fille, passé les mèches trop courtes derrière ses oreilles, elle porte son poignet à ses narines, elle ferme les yeux; quelque chose se réveille dans ce corps mort. Dans le corps de l'enfant absente, un trou se referme.

Une voix d'homme crie : *madame Caillaux!* alors elle lève les yeux vers Gaston Calmette resté derrière son bureau tandis qu'il lui somme de poser le pistolet, mais elle sait qu'il faut tuer quelque chose, que la douleur s'arrête, alors son doigt se raffermit sur la détente, son bras se tend vers Gaston Calmette, elle imagine les titres des journaux demain, *Une femme réduite au désespoir, Une presse meurtrière.* Lui, blessé, portant à jamais dans le corps la marque de sa haine ; Joseph, par cette même balle blessé en un lieu invisible, éternellement à vif : sa carrière politique. Henriette appuie trois fois sur la détente. Gaston Calmette s'effondre. Elle a touché sans le vouloir une zone vitale ; il va mourir. Dans quelques semaines, Henriette Caillaux sera acquittée. Crime passionnel. De cette passion Joseph ne pourra se défaire : elle a ému la France entière. La France vote. Henriette le tient dans un amour forcé. Jusqu'à la mort.

DU MÊME AUTEUR

Aux Éditions Gallimard

LA NOTE SENSIBLE, 2002 (« Folio », *n° 4029*).

SEPT JOURS, 2003.

L'ANTILOPE BLANCHE, 2005 (« Folio », *n° 4585*).

PETIT ÉLOGE DES GRANDES VILLES, 2007 (« Folio 2 € », *n° 4620*).

L'ÉCHAPPÉE, 2007 (« Folio », *n° 4776*).

QUI TOUCHE À MON CORPS JE LE TUE, 2008 (« Folio », *n° 5003*).

DES CORPS EN SILENCE, 2010 (« Folio », *n° 5281*).

Aux Éditions Gallimard Jeunesse

BONNES VACANCES !, ouvrage collectif, coll. « Scripto », 2004.

DE L'EAU DE-CI DE-LÀ, ouvrage collectif, coll. « Scripto », 2005.

VA Y AVOIR DU SPORT !, ouvrage collectif, coll. « Scripto », 2006.

MANUELO DE LA PLAINE, coll. « Folio Junior », 2007.

Aux Éditions Autrement Jeunesse

LE CAHIER DE LEÏLA, DE L'ALGÉRIE À BILLANCOURT, coll. « Français d'ailleurs », 2007.

LE RÊVE DE JACEK, DE LA POLOGNE AUX CORONS DU NORD, coll. « Français d'ailleurs », 2007.

ADAMA OU LA VIE EN 3D, DU MALI À SAINT-DENIS, coll. « Français d'ailleurs », 2008.

LE SECRET D'ANGELICA, DE L'ITALIE AUX FERMES DU SUD-OUEST, coll. « Français d'ailleurs », 2008.

THIÊN AN OU LA GRANDE TRAVERSÉE, DU VIETNAM À PARIS XIII, coll. « Français d'ailleurs », 2009.

CHAÏMA OU LES SOUVENIRS D'HASSAN, DU MAROC À MARSEILLE, coll. « Français d'ailleurs », 2009.

JOAO OU L'ANNÉE DES RÉVOLUTIONS, DU PORTUGAL À CHAMPIGNY, coll. « Français d'ailleurs », 2010.

ANOUCHE OU LA FIN DE L'ERRANCE, DE L'ARMÉNIE À LA VALLÉE DU RHÔNE, coll. « Français d'ailleurs », 2010.

ANTONIO OU LA RÉSISTANCE, DE L'ESPAGNE À LA RÉGION TOULOUSAINE, coll. « Français d'ailleurs », 2011.

Aux Éditions Jérôme Millon

MÉDUSES, 2010.

Composition Floch
Impression Maury-Imprimeur
45330 Malesherbes
le 12 août 2011.
Dépôt légal : août 2011.
Numéro d'imprimeur : 165985.

ISBN 978-2-07-044389-5. / Imprimé en France.

184093